Enganchados

Enganchados

Susana Moscatel

Diseño de portada e interiores: Sergio Ávila F.
Fotografía de portada: © Vizualvortex I Dreamstime.com
Fotografía de la autora: Blanca Charolet

© 2012, Susana Moscatel

Derechos reservados

© 2012, Editorial Planeta Mexicana, S.A. de C.V.
Bajo el sello editorial DIANA M.R.
Avenida Presidente Masarik núm. 111, 2o. piso
Colonia Chapultepec Morales
C.P. 11570 México, D.F.
www.editorialplaneta.com.mx

Primera edición: noviembre de 2012
ISBN: 978-607-07-1453-5

Impreso en los talleres de Litográfica Ingramex, S.A. de C.V.
Centeno núm. 162, colonia Granjas Esmeralda, México, D.F.
Impreso y hecho en México – *Printed and made in Mexico*

Para Isaac y Reyna,
al final del día, mi hogar.

Preludio

Hace tiempo, cuando este libro empezaba a cobrar forma y los personajes comenzaron a apoderarse de mi cabeza, tuve la maravillosa encomienda de entrevistar a Woody Allen. Fue perfecto porque, además de ser un sueño hecho realidad, yo necesitaba pues algo de terapia intensiva para dejar de estar de necia en algo que simplemente no funcionaba. No sé si fue por interés periodístico, para construir mejor mis personajes o por mera necesidad personal, que acabamos teniendo esta conversación:

—¿Es cierto que la atracción o el enamoramiento siempre aplastan la lógica?

—Creo que estamos construidos para ello, sí –me contestó–. Que las emociones son las que nos hacen tomar nuestras decisiones. Es muy poco común que puedas hacerlo mentalmente. Crees que las estás tomando con la mente, pero en el plano emocional ya decidiste y por más que le pienses para llegar adonde crees que debes estar, haces lo que quieres. Si quieres algo, lo haces de buenas a primeras o le pides opinión a alguien, y si esa opinión está en contra de la tuya, encuentras la manera de darle la vuelta para darte la razón, o piensas: «esta persona no

7

sabe lo que dice» o «le pregunté a la persona equivocada». De alguna manera u otra haces que salga como te convenga.

¡Muy bien, entonces el maestro me daba la razón! Podía seguir de terca, amando inútilmente porque era más fuerte que yo. No había nada que pudiera hacer, Woody Allen me lo dijo. Estaba programada para esto; ni modo, pues. Pero claro, siendo yo quien soy, tenía que rematar:

—Y de ahí puede salir mucha de la comedia en nuestras vidas, ¿o no?

—Sí, claro. Creo que es muy chistoso. Pero también es lo que nos mete en todos los problemas.

Carajo. Woody Allen sí me dio la razón, solo para proceder a decir que los dos estábamos mal. Algo tenía que aprenderle; como estoy segura de que es muy improbable que yo acabe casada con mi hijastra, entonces me quedé con lo siguiente: todos, tarde o temprano, acabamos enganchados de alguien más. No siempre es amor, pero qué difícil es distinguirlo; y de qué manera catapulta nuestras acciones este impulso cuando le damos permiso, sobre todo cuando toca nuestras más oscuras obsesiones, las que ni nosotros mismos nos permitimos admitir. Pero, como me dijo mi mejor amigo al revisar ese texto: «¿Qué tienes que hacer para no ver el pasado desde el enojo?». La respuesta fue revisarlo, reírme mucho de mí misma y escribir, escribir, escribir…

Susana
Julio, 2012

Siempre entre la euforia o la tristeza. Gía no recordaba un solo momento de su vida en que no hubiera vivido en alguno de los dos extremos. Eso nunca le permitió darse tiempo para la incertidumbre: las cosas eran extraordinarias y de colores maravillosos, o todo se iba a gris.

Esta era la primera vez en la vida en que se topaba con Rodrigo sin que los tonos con los que percibía el mundo le resultaran brillantes, prometedores e insaciablemente aterradores. Jamás lo tuvo tan cerca sin que le provocara los deseos que ni en sus más deliciosas pesadillas se permitiría experimentar. Jamás antes vio los más peligrosos ojos negros del mundo sin querer rendirse completa ante ellos. Y precisamente por eso jamás lo había hecho. Hasta este momento.

Después de escuchar lo que él tenía que decir, no quedaba otra cosa que pudiera hacer. Sin una palabra más, sin despegar la mirada de su rostro, con los ojos completamente abiertos pero opacos, comenzó a quitarse la ropa.

Poco a poco. Primero sería la larga y estricta chaqueta de piel negra que había hallado en Montmartre en los meses que vivió en París, hacía ya muchos años. Todavía recordaba la sensación que tuvo cuando la encontró en una pequeña *boutique*, llena de objetos *vintage:* no podía creer que algo tan estilizado y poderoso viniera del pasado. ¿Qué clase de mujer sería su dueña para usar algo así? Sin duda una muy fuerte y adelantada a su tiempo, como ella lo era ahora.

La ropa adecuada, cuando una sabe lo que está haciendo, tiene facultades maravillosas. En este caso, la chaqueta que estaba a nada de haber podido usarse como vestuario en algún video sadomasoquista, contrastaba tan bien con su delicada belleza, que siempre le generaba una ventaja. Desconcertaba al enemigo; le daba todavía más poder. Pero ya no sería así. Gía sabía bien que en el momento en que la prenda tocara el piso, nunca más sería la misma cosa; ella tampoco. Con este desprendimiento cometía el acto de sometimiento más violento de su existencia entera.

Rodrigo solo la miraba desde la silla donde estaba sentado cuando ella entró en su enorme departamento. Como un depredador, sabía que no movería un músculo, que su presa llegaría por su propio pie para ser devorada. Ya no había para dónde escapar. Ni siquiera existía la voluntad de hacerlo.

Solo habían pasado unas cuantas horas desde que Gía había estado celebrando su triunfo sobre toda adversidad, rodeada de la gente que más la amaba; también la que más la necesitaba, lo cual era igual o más importante. Solo ella sabía que algo estaba faltando.

La ruda, hermosa, escéptica y brillante Gía, locutora *extraordinaire,* se había graduado hoy a un nivel todavía más alto, si es que eso era posible en los escalones de esta sociedad.

En un mundo donde muy pocos personajes de la radio tenían de verdad trascendencia internacional, acababa de lograr lo que ninguna otra; luchó contra sus adversarios y los había derrotado. Todos festejaron sin saber el verdadero secreto que no le permitía dormir: el verdadero enemigo, el único que importaba, estaba en casa. Y ella lo amaba. Seguramente tanto como se odiaba a sí misma, porque si no, ¿cómo era posible que viviera obsesionada por… por… por esta «cosa mala» que ahora tenía enfrente?

«¿Cómo llegué a este punto?», se preguntó al ver a Rodrigo al fin levantarse y caminar hambriento en su dirección. Se puso a pensar en lo perfecta que era su existencia solo unos meses atrás: antes de la devastación; antes del éxito. En los tiempos (parecían de otra vida) en los cuales ella y este hombre no habían empezado aún con este peligroso juego. Respiró muy profundo, llevándose el intoxicante aroma de Rodrigo hasta dentro. Eso le permitió salir un poco del gris y se dio permiso de recordar: cómo era todo hasta hacía poco, antes de encontrarse completamente… **enganchada**.

UNO

AL AIRE

¿QUE DIOS HIZO QUÉ?

Unos meses antes...

Los pasos de Gía apenas hacían ruido al recorrer, ligera pero firmemente, los pasillos de Vibra FM. Su blusa *halter* negra hacía perfecto contraste con los pantalones blancos Gucci que casi ninguna otra mujer del planeta podría usar con tan buenos resultados. ¿Y cómo no sentirse así de confiada? Más allá de su evidente belleza, se dirigía hacia el lugar que más amaba en todo el mundo: su cabina de radio.

Gíanella Dinora Escalante podría haberse dedicado a lo que fuera. Era digno de análisis ver lo que escogió: estar frente a un micrófono y decirle al resto del mundo cómo vivir su vida. Evidentemente mostraba la perfecta imagen de tenerlo todo resuelto, pero aunque muy pocos lo sabían, no siempre fue así.

Su padre, ese completo loco que no sabía si nombrarse escritor o científico, le llenó la cabeza de ideas e ilusiones y luego la dejó a ella y a este mundo para siempre, solo con el terror de acabar siendo justo como él: nadie en absoluto. Su madre... su madre era una mujer que simplemente no daba una. Y la verdad es que no le interesaba hacerlo. Ella nada más estaba aquí, y navegaba mientras pasaban los años sin preguntarse ni una sola vez para qué.

Así era como Gíanella acabó llamándose de esa manera. Todos pensaban que su nombre era una herencia familiar del viejo continente, de absoluta alcurnia y con una gran historia. En realidad se trataba apenas de una palabra bonita que su madre escuchó alguna vez en una telenovela extranjera, ¡y ni siquiera se escribía así! Lo que en realidad oyó era «ventana» en portugués. Nada sexy. Un día, en la búsqueda por hallarle un mejor significado al apelativo que portaría toda la vida, Gía encontró este en uno de esos libros para nombrar a tu bebé: «Dios es misericordioso». ¡Por favor! Mejor se quedaba con «ventana». La alusión era una enorme ironía, considerando que ella nunca creyó en la religión, y la misericordia no era algo que se le diera naturalmente. Gía creía en lo que podía ver, comprobar. Nada más.

Por eso, ese día en particular no podía quitarse de encima aquella molestia, una extraña sensación de que algo potencialmente devastador estaba por ocurrir; sentía a «la cosa mala» merodeando en el ambiente. No se lo podía explicar, y de todo, eso era lo que la ponía más nerviosa. La verdad, su instinto no andaba equivocado: iba a comenzar a jugar, involuntariamente, el juego más peligroso de su vida. Pero, por supuesto, no tenía forma de saberlo al acomodarse como todas las noches en su lugar y empezar su programa de radio; sin embargo, después de hoy nada volvería a ser igual.

Al aire

La luz roja estaba encendida y Gía escuchaba con intensa atención la llamada que tenía en la línea.

—Fue la perfecta combinación entre creer que me iba a morir por la turbulencia, escuchar mi canción favorita y descubrir que estaba enamorada. No pude evitarlo, me solté a llorar en el avión. Nunca me había preocupado, hasta creí que sería romántico morir así algún día; pero, Gía, de pronto recordé que no le había dicho ni siquiera «te quiero», mucho menos «te amo». Pensé que era muy probable que nunca volviera a tocarlo, a olerlo, a besarlo: solo lo besé una vez y a ratos creo que me lo imaginé. Y entonces allí, en primera clase, empecé a llorar, porque supe que esa posiblemente iba a ser la última gran emoción de mi vida.

Gía se recargó en su silla especial, esa sin la cual nunca haría el programa, ajustó el micrófono, respiró profundo porque sabía el efecto que tendría en su voz, y casi aburrida respondió:

—Pero el avión no se cayó.

—No, gracias a Dios el avión no se cayó.

Un silencio exasperado que duró dos eternos segundos radiofónicos.

—¿Dios? Discúlpame, Ana, pero ¿qué en esta vida te hace concluir que Dios tuvo algo que ver con que no murieras en ese avión esa noche?

—Bueno, yo...

—Nada. Al decirlo estás afirmando implícitamente que Dios sí quería que toda la gente que ha muerto en accidentes aéreos pereciera de esa horrible manera. De hecho, estás expresando que Dios existe, pero ese es tema para otro programa. Estás dándonos a entender que tú eres tan especial que «el Ser Supremo de las criaturas del mundo» se fijó en un miserable tubo de metal que se zarandeaba por sus cielos y decidió, porque se dio cuenta de que estabas dentro, que era necesario enderezarlo solo por tu patético romance inconcluso, ¿correcto?

—No, Gía, bueno, no creo que así, pero…

Los decibeles en la voz de Gía dieron un salto supremo a las alturas.

—¡Claro! Si fueras hombre seguramente serías de los que le piden al «Señor» que su equipo de futbol pase a la final.

—Eh… yo…

—Y que al otro equipo se los lleve el demonio, porque no son dignos de su compasión. Muy lógico. Ah, es que se me olvidaba que en esa condenada nave viajaba una mujer que no había tenido el valor de besar bien al hombre de su vida. Y que aunque «Aquel que está sobre todas las cosas» se tomó la molestia de inventar las leyes de la física para que no lo jodiéramos tanto y no tuviera que estar moviendo todo manualmente, tú eres tan necesaria para su plan que decidió en este caso hacer una gran excepción, ¿verdad? Sin duda esa distracción le costó a algún niño en Camboya recibir la medicina que lo hubiera salvado de morir; pero ¡*hey*!, valió la pena, porque ahora tendrás una segunda oportunidad para que te besen...

Para entonces Ana ya estaba completamente confundida, con media lágrima y la carcajada atorada a la mitad del pecho; eso era lo que ocurría cuando una llamaba al programa de Gíanella Dinora Escalante. Inevitablemente saldría regañada y pisoteada a niveles nunca antes sospechados, pero al final se iría con algo que valdría la pena: un cierto conocimiento. Entendería si «aquel» la amaba o solo estaba jugando con ella. Todo mundo lo sabía, Gía tenía la capacidad de pensar como hombre con la única finalidad de hacer que las mujeres se salieran con la suya, y por ese conocimiento prácticamente cualquiera se mostraba dispuesta, al igual que Ana, a ser regañada en cadena nacional cual candidato presidencial de gira por las universidades o como estrella pop en problemas, tratando de reivindicar su imagen en un noticiario matutino de televisión.

Quién sabe cómo lo hacía la muy perra, pero Gía siempre sabía qué decir y cómo ubicar a la gente. De todos modos, Ana no podía creer que había sido débil y que había llamado: era como las revistas de chismes, por más intelectual que te consideres siempre acabas hojeándolas, pero una nunca imagina que va a acabar en sus páginas hasta que ocurre.

—Dime la verdad, Ana, ¿cuántas veces has estado con él a solas?

Gía ahora sonaba compasiva, hasta empática. Ana pegó el teléfono a su oído para no perderse nada.

—¿Eh...? Unas... um, ¿cuatro?

—¿Es pregunta? Solo tú sabes cuántas veces —respondió Gía exasperada—. Porque te apuesto a que él no está contando. Querida, te tengo muy malas noticias: si ese hombre de verdad te quisiera, ya hubiera hecho contigo y con tu lindo cuerpecito, que no quedó hecho pedazos en un avión, lo que se le antojara.

—Pero Gía, es que él me respe...

—Si acabas esa frase te juro que cuelgo y me voy a mi siguiente llamada, Ana. Con alguien que sí esté dispuesta a dejarse ayudar.

—Sí, Gía.

—Cuando un hombre no te besa lo suficiente, no te toca mucho, no está encima de ti como rottweiler en celo, no es porque te respeta, es simplemente porque tiene a alguien aparte con quien está haciendo eso, en el mejor de los casos. Porque también puede ser que nada más ya no te le antojas. Así que te tengo dos noticias: la primera es que, a escala cósmica, les da justo lo mismo al universo y a él que hayas sobrevivido a tu imaginaria tragedia aérea.

—Okey. ¿Y la buena?

—Esa era la buena, Ana. La mala es que él ni siquiera pasa cinco minutos del día pensando en ti; si así fuera, ya habría sucedido algo más. Así que asúmelo, llóralo por unos quince minutos, pero no durante mi programa, por favor, y a treparte al siguiente avión. Tal vez si superas esta necedad, a la próxima sí tengas la suerte de que alguien sufra por ti si la cosa esa se cae del cielo y mueres destrozada en mil pedacitos que nadie podrá nunca identificar, ¿vale?

—Sí, Gía. Gracias, en serio.

—A ti, mi amor. ¿Ya te sientes mejor, verdad? Buenas noches. Y piensa en lo que te dije…

Claro que se podía dar el lujo de ser cariñosa una vez que las hacía entrar en razón, como sabía que iba a ocurrir desde un principio. Y justo a tiempo, también: faltaban exactamente tres minutos para la medianoche y estaba en el momento de cerrar bien el programa.

Volteó a ver a Bobbie, su productor, y a sus hermosos becarios, Arnie y James, en los teléfonos. Sonrió en lo que decidía a cuál de los dos, si es que a alguno, invitaría a «tomarse» algo esa noche. El trato era ideal, ellos recibían una inmejorable y completa educación en materia radiofónica y ella tenía quién la atendiera en lo que fuera que se le ofreciera después de medianoche.

Siempre había algún hermoso niño dispuesto, casi de cariño los llamaba sus *fuckbuddies*, *junior* y *senior*. «El título no es cuestión de tiempo, sino de capacidad…», pensaba al mismo tiempo que hablaba con claridad y razón ante el micrófono. A Bobbie tampoco le venía mal el arreglo: él, su perfecta pareja y uno de sus cómplices en la vida por ser gay, afortunadamente. Cómo se divertían decidiendo qué becario se veía mejor con el uniforme de *jeans* pegados y camisetas blancas; entre más básico y apretado, mejor. Con todo, Gía nunca imaginaría cuántas noches Bobbie llegó a su casa temblando de coraje por alguna actitud o comentario, intencionado o no, que ella le propinaba al aire o en privado. No, hasta donde Gía sabía, era la relación perfecta entre «talento y cerebro» (ella, por supuesto) y producción. Pero de que había amor, lo había.

Era cierto, nunca contrataría becarias. ¿Quién quiere competir con niñas de veintitrés años que no tienen nada que perder y a quienes la sexualidad se les da tan fácil como lavarse los dientes? No. Aunque a sus treinta y cuatro Gía todavía se veía justo igual que cuando se graduó de la universidad en Ciencias Políticas, solo alguien que de verdad se concentrara en sus ojos profundamente verdes se podría dar cuenta del tiempo y la gente que ya había pasado por ella. Nunca tendría la mirada dura, de hecho su aparente dulzura era una de esas cosas que hacían que todos —bueno, casi todos— confiaran con firmeza en sus buenas intenciones.

Hasta su estatura la ayudaba a no parecer una amenaza. «Medir un metro cincuenta y ocho quiere decir que ves el mundo desde una perspectiva modesta», era tal vez la opinión de muchos. Más alejados de la verdad no podrían estar: en lo que correspondía a Gía, su tamaño solo le daba la oportunidad de comprar los tacones más extraordinariamente dramáticos del mundo y de todas formas usar esa «vulnerabilidad» para salirse con la suya. Pocos la veían venir; nadie pensaría que en la noche, cuando se envolvía en su esponjada bata azul y se sujetaba el largo y abundante cabello en un chongo de un negro profundo, después de quitarse el maquillaje y el día completo de encima, podría prácticamente pasar por una niña de dieciséis.

En ese preciso estado Gía era más peligrosa que nunca: repasaba el día y a sus personajes, desde ahí tomaba sus decisiones. Los pocos que llegaron a conocer a esa extraña criatura de la madrugada estaban condenados a desaparecer de su mapa tarde o temprano. Después de todo, ¿para qué darle herramientas al enemigo? Por el momento, sin embargo, Gía se encontraba en su habitual estado de perfección: sus ojos delineados con precisión egipcia se veían tan enormes que en sí parecían irradiar conceptos, ideas, oportunidades; sus labios eran imposiblemente rojos. Ella era una de las seis mujeres del planeta que pueden usar ese color a todo lo que da y no ir por la vida dejando huellas de color carmín. Su ropa, entallada, siempre contaba con algún elemento tan negro como su cabello, haciendo contraste con su piel casi tan blanca como la porcelana.

A pesar de que para su madre la idea de vestirse bien era visitar la sección de ropa en Costco, Gía había nacido con un indiscutible sentido de la moda y sus breves pero muy bien proporcionadas curvas siempre la ayudaron a destacar. Con sus primeros triunfos laborales, desde muy joven, llegó el presupuesto para hacerle justicia al buen gusto.

Bobbie ya comenzaba a mostrar las primeras señales de pánico cuando el tiempo del programa estaba por terminar y Gía no daba siquiera el menor indicio de querer despedirse. Pero era medianoche y, le gustara a quien le gustara, el Himno Nacional debía entrar a tiempo. Claro, a él lo iban a regañar: a su princesa nadie la tocaba. Podía odiarla con pasión en momentos como este, pero que alguien dijera algo malo de «su mujer» y estaría listo para embestir a cualquier agresor. No que hubieran muchos que se atrevieran. Todavía.

Faltaban dos minutos y a Gía se le había quedado la emoción en alto voltaje. Tenía que hacer algo para cerrar fuerte el programa. Casualmente se asomó a ver a su *cel* y escribió: «¿Ubiqué bien a esta comadre?». Era un mensaje para su mejor amigo, primo y asesor, mejor conocido en los *hoyos funkies* de la Tierra como el Rockfather.

Pero, por extraño que fuera, él no estaba leyendo sus mensajes en este momento, de seguro en plena seducción de alguna *groupie*. («Son tan fáciles que ya me dan una hueva infinita, cósmica, Gía, necesito algo más que me haga sentir que esto de estar vivo vale remotamente la pena».)

O tal vez se encontraba sumergido por completo en alguna botella de Jack Daniels, su único y auténtico amor (aparte de Gía, claro); tenía incluso un monumento hecho con las emblemáticas botellas cuadradas, una especie de altar en su pequeño departamento en la colonia Roma, donde se iban acumulando semejantes «cadáveres» que alguna vez contuvieron el elixir de la felicidad; ahora sólo eran bellas memorias.

—Mira, Gía, ¿te acuerdas de Alice? ¿La que pasó de edecán de Televisa a modelo de Victoria's Secret? Pues esa fue la que cerró el trato —le platicó alguna vez, apuntando a la botella del recuerdo. De algunos otros momentos solo quedaba un extraño hoyo negro mental después de una noche que nadie podía recordar. Mejor así.

Quedaba un minuto; la cara de Bobbie era una mezcla entre el pánico y la resignación. Sabía lo que vendría mañana: mientras Gía aún dormía («No porque trabaje hasta las doce de la noche me puedo dar el lujo de tener ojeras, Bobbie»), él estaría siendo vapuleado en la oficina de…

«¡Rodrigo!», pensó tan fuerte Gía que por un momento imaginó que lo dijo en voz alta, pero por supuesto era demasiado profesional como para hacerlo. Seguía hablando al aire, pero claramente vio cómo la pesadísima puerta al otro lado de la cabina se abrió y asomó por ella el presidente de Vibra FM.

«Andy García en 1998, así debería llamarse este cabrón», reflexionó confundida solo por un momento. ¿Qué hacía allí, con sus peligrosos ojos tan oscuros? Con sus *jeans* perfectos, sus cuarenta años recién cumplidos; con su pelo rizado de jeque árabe. De tan negra, su mirada parecía verlo todo sin delatar nada. Era medianoche, generalmente no se andaba paseando por las cabinas a esas horas.

«La cosa mala», pensó mientras sus miradas se enlazaban con tal intensidad que no pudo evitar que su cuerpo reaccionara; de repente se sintió profundamente excitada. Nadie se hubiera dado cuenta nunca, pero estaba convencida de que aunque dos vidrios bastante gruesos los separaban, él podía incluso olerla. Los dos sonrieron, ninguno por alegría.

Las 11:59 p.m. Todos los sentidos de Gía estaban alterados. Su cuerpo sentía cosas contra su voluntad, cosas que se sentían bien (algo terriblemente delicado) y eso que no tenía tiempo ni se daba permiso de imaginar nada. Sabía lo que tenía que hacer, incluso antes de que Rodrigo moviera de su lugar con una elegante y sutil maniobra a un muy sorprendido Bobbie («Aaay», dijo el productor entre el placer y el desconcierto; como casi todos, jamás vio venir a «Ro»).

—Gía —dijo Rodrigo con esa voz, esa perfecta voz que solo ella podía escuchar a través de sus audífonos—, tienes que cerrar en este momento el programa, y…

—Así que ya lo saben —continuó Gía como si nada—, a todas nos pasa, pero nadie más sabe lo que ellos piensan. Las espero mañana a las diez de la noche para que juntas vayamos resolviendo, una por una, esas historias que…

—…si nos volvemos a pasar nos va a multar Gobernación…

—…no nos dejan dormir. Tal vez ellos nunca nos van a decir lo que están pensando, pero…

—¡Gía…!

—…yo sí lo sé. Que se las arreglen solos estos engendros del amor. Aquí tenemos sus secretos y con sus historias los iremos revelando.

Las 11:59…

—Y me despido con este buen consejo: pórtense como creen que yo lo haría. Ante todo, estimadas, nunca pongan su cabeza en la almohada sintiendo que perdieron la dignidad por un hombre. Hay tantos… no vale la pena.

Las 11:59 con veintiocho segundos. Rodrigo, sin perder la compostura, solo apretó de modo casi imperceptible los párpados. Era como si en silencio hubiera aceptado oficialmente el reto. Nadie lo sabía, pero la guerra estaba declarada.

—Buenas noches. ¡Y que comiencen los juegos! —cerró Gía con una risita traviesa.

Música de salida. Las doce en punto: Bobbie dejó salir un pequeño gemido de éxito. Los *fuckbuddies* se quedaron petrificados esperando qué pasaría después; nunca antes habían visto al mítico Rodrigo. Gía se permitió su gigantesca sonrisa. Era para ella la victoria en aquel pequeño enfrentamiento. Uno sin consecuencias, claro, pero la satisfacción aún la podía sentir entre las piernas. No tenía idea de que sería el primero de muchos; que irían escalando. Sus palabras, que miles de radioescuchas sin duda habían hecho suyas, tenían dedicatoria y el receptor de dicho mensaje no se veía nada contento en ese momento.

De hecho, ¿qué hacía ahora el «receptor»? Algo que nunca ocurrió antes. ¿Estaba empujando la segunda puerta pesadísima de madera, para entrar a la cabina? Cuando llegó a tres metros de ella y cuestionó: «¿Engendros del amor?», sonó el celular de Gía. ¡Salvada por la campana!

—Hermosa. Qué buen programa; estoy aquí acostado, triste porque ya no puedo oír tu voz, por eso te llamé.

Alejandro Márquez. El hombre perfecto, guapo, millonario, inteligente; más rubio que el estereotipo de un esquiador olímpico sueco. Qué maldita hueva.

—¡Hola, mi amor! —dijo ella fuertemente y con un aparente entusiasmo infinito—. ¿Quieres que vaya para allá?

Rodrigo solo la miró e hizo una mueca que tenía algo de risa y de coraje. Por su parte, un muy confundido Alejandro contestó:

—Híjole, hermosa. Pues si tú quieres, pero la verdad es que ya me iba a dormir y estoy...

—Mira, Alex, voy a tratar de llegar. No insistas, porque por lo visto se me materializó aquí una junta de trabajo bien espontánea en la persona de mi patrón. Pero no te duermas hasta que te hable, ¿okey? Espero que esto no tome mucho tiempo.

Y sin esperar respuesta del ya de por sí confundido Alejandro, Gía colgó el teléfono y lo aventó a las profundidades de su enorme bolsa Kelly rosa.

—¿El novio? —preguntó sardónico Rodrigo.

—¿Qué se le ofrece, patrón?

Gía siempre le hablaba de usted, precisamente porque sabía que nada molestaba más a ese perfecto espécimen de hombre. Egresado de NYU, Rodrigo de la Torre nunca había dejado de aparecer en las listas de los solteros más codiciados de México. Según ella, el apodo «la Cosa Nostra» le venía como anillo al dedo; si Francis Ford Coppola lo hubiera conocido a tiempo, sin duda le habría dado un papel en *El padrino*. Por desgracia, fue demasiado tarde cuando se hicieron íntimos amigos en una enorme borrachera en el Festival de Cannes. «¿Cómo carajos logra eso un "niño bien" que creció en el Pedregal?», se preguntaba Gía a menudo. No es que ella no tuviera una red de grandes personajes rodeándola siempre cual princesa de la antigua corte inglesa, pero todavía le faltaba aventarse puntadas como mandarle una botella del mejor mezcal a Leonardo DiCaprio y luego, para rematar, alcanzarlo en Los Cabos para tomárselo con él.

Rodrigo había estudiado economía y cine (sí, las dos) en NYU, pero siempre supo que su destino era manejar el imperio mediático fundado por su abuelo. Y no es que lo hiciera mal, pero a veces el tiempo nada más no le daba entre tantas fiestas en yates privados.

—¿Qué tal si cierras bien tus asuntos aquí y te espero en mi oficina, Gía? Tengo que hablar contigo.

Y con eso dio media vuelta y la dejó allí, desconcertada por un momento ante la perfección de su trasero que solo unos *jeans* hechos a la medida en Italia —y del modelo perfecto, por supuesto— podían destacar de esa manera. «Despierta, grandísima idiota. Este sí no es para ti», se dijo a sí misma mientras se tomaba su tiempo para organizar sus cosas; no iba a correr por nadie, ni siquiera por el patrón. Y no había manera en este mundo de que acabara como una más a la lista de las mujeres que terminaban en el sofá de su oficina, así fuera el último hombre sobre la Tierra. «El último hombre más delicioso sobre la Tierra.»

Con paso firme pero sin prisa les mandó un beso a Bobbie y a sus *fuckbuddies,* quienes la veían con algo de preocupación mientras hacían lo posible por seguir tomando los recados que incesantemente llegaban a los teléfonos de la estación. Había asuntos que resolver esa madrugada. Gía jamás imaginó lo que estaba a punto de comenzar.

EL SILLÓN

El sillón de Rodrigo era muy famoso entre las mujeres más deseadas de la nación. Por allí ya había pasado una gran cantidad de actrices, modelos, ejecutivas y dos senadoras, una de ellas con muy buenos prospectos para ser candidata a la Presidencia de la República.

—Pasa, Gía; tenemos que hablar —le dijo desde su gigantesco escritorio de cristal con piedra volcánica, sin voltear siquiera mientras revisaba una serie de documentos—. ¿Has visto tus niveles de audiencia últimamente, muñeca?

«Muñeca tu puta madre», pensó. Gía no era de esas que se dejaban ningunear. Las muñecas eran para jugar con ellas, usarlas un rato y luego tirarlas en algún rincón. «Momento. ¿Dijo niveles de audiencia?»

A Gía nadie la molestaba con eso por dos motivos: el primero, porque todos sabían que su auditorio era enorme, y el segundo, porque estaba patrocinada a más no poder. Las compañías de preservativos prácticamente iniciaron una guerra para ver cuál pagaba más por ser la imagen del programa, y a partir de ese día todo fue paz y tranquilidad para los directores de ventas en la estación: la adoraban. Cada vez que algún grupo de recalcitrante derecha protestaba por los consejos sexuales que ella daba al aire, en algún lado se vendían más condones y productos relacionados, y entraba más dinero a la estación. No, Rodrigo no la había llamado aquí a esa hora para hablar de temas del todo resueltos.

—Siéntate, princesa.

Gía volteó a ver el famoso sillón de piel blanca (el rumor decía que de rinoceronte, pero eso ya era ridículo) y optó por dirigirse al taburete al lado del sillón individual ultramodernista junto al escritorio de Rodrigo. «No le voy a dar ni ese gusto», pensó entrelazando las piernas en una posición que solo se logra con las más avanzadas técnicas de yoga y que bien podría enloquecer a cualquier hombre con un poco de imaginación.

—Tu audiencia, aunque no lo creas, se ha incrementado mucho en los últimos meses.

«¿Y por qué no lo iba a creer?», se preguntó a sí misma, muy molesta con el tono de superioridad de este hombre estúpidamente delicioso. Siempre le había ido bien pero en los últimos meses, después de «la gran idea», las cosas mejoraron todavía más. Todo detonó una noche en que estaba con el Rockfather y banda aventándose concursos de *shots* de tequila en un bar de Denver, Colorado, adonde los acompañó de gira por unos días.

—¿Por qué no me está mirando ese güey? —se atrevió a preguntar Gía, sintiéndose excepcionalmente en confianza con estos compadres, que al final eran familia. El alcohol también ayudó.

—Porque ya se dio cuenta de que tú lo estás viendo a él, güey. Ya le mataste el juego. ¿Qué chiste tiene para un cazador ir detrás de un venadito si el animalín se le para enfrente y se ofrece como presa? ¿Dónde está el deporte?

—Yo no soy un anima…, animan… lín…

—¡Todos somos animales! —dijo muy satisfecho el Rockfather—. Mira, deja de verlo y te garantizo que lo tienes aquí en veintitrés minutos —agregó e incluso activó su cronómetro.

Pero se equivocó: fueron sólo diecisiete. Después de besar al gringo hasta el cansancio y despacharlo con la misma eficiencia con que obtuvo sus atenciones, volteó a ver a su primo y al resto de la banda, casi con un poco de pudor.

—¡Bravo! —irrumpieron todos en aplausos y celebración—. Ya eres uno de nosotros.

—Pero no quiero ser un güey —dijo Gía todavía afectada por el alcohol, aunque en definitiva pensando con mucha más claridad—. Yo soy mujer, quiero lo que las mujeres queremos. Y quiero que ustedes me lo digan: que me digan «lo que ellos piensan». ¿Harían ese pequeño acto de amor fraternal por mí?

La banda se le quedó mirando durante un segundo, extrañada. ¿Que esta loca quiere saber qué? ¿Revelar los secretos más sagrados del género masculino solo para que la prima se saliera con la suya? Bueno, pues…

—Estarían haciéndole un gran bien a la humanidad, ¿saben? Si los hombres y las mujeres no nos entendemos, es porque hablamos idiomas diferentes. ¿Pero qué tal si hay alguien, en un programa de radio, por ejemplo, que puede servir de traductora para que al final del día todos tengamos lo que queremos…?

—¿Eh…? —preguntó el Rockfather mientras se rascaba la barba que a tantas les parecía adorable—. ¿Lo que todos queremos es sexo?

—¡Sí! —contestó una extasiada Gía—. Y amor, por supuesto. Y seguridad… Y… y entender por qué demonios siempre acabamos enamoradas de quien menos nos conviene; por qué nos enganchamos de esa manera. Las mujeres no nos podemos aconsejar porque pensamos igual, cometemos los mismos errores, pero ustedes… ustedes sí. Ayúdenme. Hagamos el programa de «lo que ellos piensan». ¿Qué dicen?

—Prima. Paz. Tranquila. *You got it*. Vamos a divertirnos.

Y así empezó todo a principios de año. Claro que su secreto no era del dominio público: a nadie le caería bien enterarse de que los «superpoderes» de Gía provenían de un grupo de hombres que iban por el mundo con su rock alternativo, conquistando a cualquiera con la que se toparan; pero vaya que había funcionado. Y ahora, aquí tenía al indescifrable Rodrigo, quien aún no se molestaba en voltear a verla siquiera entre tanto papel. Gía encontró su teléfono y aprovechando el desinterés de su jefe mandó un WhatsApp con carácter de urgente: «En oficina de "la Cosa Nostra". Peligro!!! No sé qué quiere. Sí sé qué quiero yo...».

Nada. El mensaje no salía del desdichado aparato. Gía lo sacudió, completamente concentrada en la falta de eficacia del maldito medio de comunicación. «¿No que mensajes instantáneos?» De pronto se dio cuenta de que tenía a Rodrigo a menos de tres centímetros: aprovechando su distracción, se sentó en el sillón frente al taburete. Sus piernas abiertas parecían envolver el perímetro alrededor de Gía; su aliento buscaba anular su razón. Ella no tenía la menor idea de si alcanzó a leer en la pantalla el mensaje de auxilio que había mandado, pero a falta de otra opción volvió a aventar el celular a su gran bolsa.

Rodrigo la tomó de los hombros y la acercó todavía un poco más. Ella, como buena guerrera, bajó las piernas y las plantó con firmeza en el piso, rodilla contra rodilla, tan apretadas como le enseñaron en la escuela de los Legionarios de Cristo. Estiró la espalda, marcando una minúscula pero significativa distancia entre ambos, y lo miró sin parpadear. Por supuesto, en ese instante su bolsa completa comenzó a vibrar con el mensaje del celular. Pero ya era demasiado tarde. La cacería había comenzado.

—Gía, te necesito.

—¿En serio, Rodrigo?

—Mucho. Más que nunca. No sabes lo solo que estoy en estos momentos...

Ah, vulnerabilidad. Tal vez esto no era un simple juego de poder. Tal vez Rodrigo estaba a punto de confesarle sus más importantes secretos y decirle que la amaba. Ella no sabía qué pensar, pero estaba dispuesta por completo a explorarlo. A explorarlo entero: su cuerpo, su mente...

—Mi padre me acaba de encargar todo el tema de relaciones corporativas con el gobierno...

...sus sentimientos, sus emociones, su... ¡¿Qué?! ¿Con el gobierno? ¡¿Qué carajos?!

—...y necesito a mi mejor gente muy cerca estos días. Ya vi tus números, tienes poder. Igual piensas que solo eres una consejera de la radio, pero la gente te sigue y eso lo podemos usar.

«Grandísimo hijo de puta. ¿Y por qué no me quita las manos de los hombros? ¿Por qué me ve de esa manera? ¿Por qué tengo que hacer un esfuerzo físico para no acercarme a darle un beso...?».

—Así que en los próximos días, el miércoles, para empezar, te voy a pedir que me ayudes con ciertas funciones sociales. Eres la personalidad más reconocida de todo el grupo, y eres hermosa. Eso me sirve; eso lo tenemos que usar. Hay mucha gente que te quiere conocer, así que te pido que me hagas el honor de ir conmigo a algunas cenas, eventos... ¿estarías dispuesta?

«¿Ir contigo como tu pareja, o como la parte más fina de tu inventario? ¿Como mujer, o como... qué?», pensó Gía.

—Sí, Rodrigo. Sabes que cuentas conmigo —se escuchó a sí misma decir.

Se quería patear o pellizcar, pero no podía con los pies firmes en el piso y ahora los brazos apretados contra el pecho, funcionando como barrera de protección. En el piso, su bolsa vibraba y vibraba: ¿Alejandro? ¿El Rockfather? ¿Bobbie, desesperado por algo de información? No tenía importancia. Debía salir de allí.

—¿Eso es todo?

¡Bien! Seria, profesional y de ninguna manera sexualmente alterada.

—Eso es todo. Mi secretaria te va a buscar en la semana para darte los detalles, muñeca...

Antes de que pudiera apenas besarle la mejilla, Gía salió corriendo de la oficina hacia los elevadores, el estacionamiento y directo al refugio de su camioneta blindada con vidrios polarizados. Solo allí se dio permiso de esculcar su bolsa: tardó horas en encontrar el condenado teléfono, pero al fin lo logró. Era mensaje del Rockfather:

«Huye. Te quiere coger, y no como nos gustaría. Huye de ahí».

Bueno, misión cumplida, al menos por hoy. Gía sonrió, finalmente era única: con su inteligencia, belleza y poder de voluntad, el mundo le pertenecía. Por eso era la número uno en lo que hacía; nadie en la radio podía considerarse más poderosa que ella. Había que ser una perfecta cabrona para sobrevivir.

Volvió la mirada hacia el piso de arriba, que se alcanzaba a ver desde el estacionamiento, y pudo distinguir todavía la figura de Rodrigo caminando por su oficina, seguramente hablando por teléfono con alguien. ¿Qué más daba que fuera la una de la mañana? El mundo y los horarios se ajustaban a él. Pero a ella más.

Dio vuelta a la llave y encendió el vehículo; ya ni cuenta se daba del equipo de seguridad que la seguiría hasta su casa.

Una vez más, antes de pisar el acelerador observó su bolsa: el celular ya no vibraba. Miró de nuevo hacia la oficina de Rodrigo y de pronto, absolutamente de la nada, la perfecta cabrona se soltó a llorar desesperada.

Dos

FREUD HUBIERA AMADO TU CELULAR

MENSAJE EQUIVOCADO
Al aire

—Por un momento me quedé petrificada. El mensaje era el que había soñado recibir, pero...

—¿Qué decía? —interrumpió Gía.

Ella sabía muy bien que lo más interesante no estaba en los sentimientos de Lisa, su radioescucha, sino en la inevitable y deliciosa catarsis que vendría unos segundos más adelante. Nadie entraba al aire sin haber sido previamente entrevistado por alguno de los *fuckbuddies* y luego por Bobbie. El drama de la historia, su contundencia, tenía que estar garantizado para cuando la llamada le llegara a ella. Había una lista de seis reglas doradas que tenían que cumplirse para que se considerara siquiera poner al radioescucha al aire.

- La historia debe ser una con la que el resto del público se identifique.
- Debe haber al menos un perfecto hijo de puta haciendo de las suyas en la narrativa.
- La radioescucha debe poder aguantar los «consejos» de Gía sin quebrarse por completo.

- Tiene que estar involucrado algún elemento sexual o al menos de pasión.
- La radioescucha debe encontrarse tan desesperada como para estar dispuesta a todo.

También se les preguntaba a todos (de vez en cuando se aparecía algún hombre con exceso de sensibilidad) si los «victimarios» del relato escuchaban el programa; eso podía hacer mucho más interesante el asunto.

Cientos de llamadas llegaban cada noche y todas querían el privilegio de ser elegidas para recibir los trancazos emocionales que solo Gía sabía propinar, pero muy pocas podían cumplir los requisitos anteriores. Por su parte, los *fuckbuddies* y Bobbie se la pasaban en un estado de perpetuo terror ante la sola idea de cometer un error y —Dios no lo quiera— acabar poniendo a alguien aburrido al aire, o aun peor, a algún contestón que le restara autoridad a Gía. Por desgracia, la jefa era de esas temerarias que trabajaban con el Twitter abierto, y cualquier mensaje que llegara por ese medio que no le pareciera, se pagaría con sangre en el corte comercial.

Cómo extrañaban aquellos tiempos en que el productor entregaba una serie de papelitos donde registraban las llamadas hechas por medio de ese antiguo aparato conocido como teléfono; en ese entonces, podían arriesgarse y no pasar los comentarios negativos. «Cosa del pasado, ahora ella lo sabe todo en el instante en que ocurre», pensó Bobbie nostálgico y un tanto amargado. Ni modo, la modernidad no iba a parar solo porque él lo tenía dos días a la semana rogándole al psiquiatra que le diera un ansiolítico más fuerte.

En este caso Bobbie se podía relajar un poco porque la historia pintaba bien. Era uno de esos estúpidos dramas de equivocaciones que cada vez se daban más, gracias a los celulares y las redes sociales. Gía se veía satisfecha, como una muy hambrienta carnívora a quien le acababan de servir un delicioso bistec. Tenía una potencial joyita en las manos con esto de los mensajes instantáneos que llegaban a las personas equivocadas: los malos entendidos ahora eran inmediatos y las reacciones explosivas. Amistades, amoríos y hasta matrimonios se podían desintegrar en un segundo porque alguien picaba «mandar mensaje» sin fijarse que el destinatario era el incorrecto.

La historia de la humanidad se hubiera escrito muy distinto de contar desde siempre con la mensajería instantánea. A fin de cuentas, aunque Kennedy se aguantó las ganas durante la crisis de los misiles en Cuba, en la actualidad «apretar el botón» es asunto de todos los días, y las consecuencias no estaban lejos de ser nucleares.

Ahora estaba hablando con una muy devastada Lisa, quien acababa de ver su supuesto noviazgo evaporarse en un solo instante por un error en forma de mensaje de texto.

—¿Qué decía el mensaje, Lisa? —preguntó Gía, sabiendo la respuesta desde un principio.

—Decía… decía... «Te amo»…

—Ajá. —Gía se empezaba a aburrir; el mero amor no le interesa más que a los dos en cuestión. Pero entonces Lisa continuó:

—…«Itzel». ¡Escribió en un mensaje de texto que estaba estúpidamente enamorado de…!

—…Itzel, sea quien sea la pobre incauta, ¿verdad, Lisa? Te debes haber sentido como una completa idiota —dijo Gía.

No le quedaba más a la mujer que ponerse un poco a la defensiva, tal vez más molesta consigo misma que con la claridad de Gía para expresar su opinión. Lisa continuó:

—No. Bueno… sí, un poco. Sobre todo porque pasé como dos minutos paralizada pensando que era para mí. Pero luego tuve que admitir que ese, pues, no era mi nombre. Digo, he de sonar medio pende... ¿no puedo decir eso al aire, verdad? Bueno, he de sonar medio güey, pero sí me convencí por unos momentos de que esa era su manera de referirse cariñosamente a mí, a cualquier mujer que amara.

—Tienes toda la razón del mundo, Lisa —dijo Gía en un tono tan dulce que cualquiera se lo perdonaría por no registrar el sarcasmo—: todos los hombres que conozco te dicen «Itzel» cuando de verdad están teniendo sentimientos fuertes por ti, la mujer con la que están saliendo, te llames como te llames.

—¿En serio...? Porque yo pensé que...

—Síiiii, caray. ¿A poco cuando te hacen el amor no te gusta que te llamen Itzel? Es un auténtico acto de cariño y consideración hacia tu persona.

—¡Ahhhh! ¡No te burles, Gía! —contestó la radioescucha, devastada—. Sé que me vi como una tarada, pero solo fueron unos segundos. Después le pregunté directo: «Creo que te equivocaste, en este teléfono no hay ninguna Itzel».

—Era eso o dejarlo salirse con la suya —respondió Gía con sequedad—. Lo cual, siendo franca, me vale para pura madre. Pero si lo hacías y te atrevías a quedarte con la esperanza, entonces sí te encuentro y te mato, querida Lisa. ¿Qué te contestó el muy cavernícola?

—Escribió: «Ah, no. Era para mi prima. La está pasando mal y...».

—Y con eso tuviste, espero —dijo Gía mientras volteaba a ver el techo de la cabina.

No era un buen techo, tenía demasiadas figuras y cuando se concentraba en ellas comenzaban a tomar forma de cosas que le daban miedo a un nivel primitivo y emocional. Ojos de hombres que miraban con amor, pero que en el fondo planeaban cómo estar con alguien más. Espacios donde una nunca podría acomodarse en posición fetal para poder dormir y escapar, escapar por horas… el rostro de su padre lleno de promesas, que de la nada se desvanecía… de pronto vio agitarse los brazos de Bobbie.

—Sigues al aire.

Se lo dijo por los audífonos, después de que unos cuantos segundos habían pasado y se dio cuenta del extraño fenómeno de Gía distrayéndose en vivo; eso no era normal. Ella procedió, en apariencia, como si nada ocurriera. La verdad de las cosas es que se sentía extrañamente sacudida por la historia de Lisa; eso era imperdonable, y alguien iba a pagar.

—Y para estas alturas tú ya estás encontrando una manera de justificarlo en tu linda cabecita, creyendo que lo que te dijo es del todo cierto, ¿verdad? Aunque sea la respuesta más estúpida e inverosímil jamás inventada…

—Sí, Gía. La verdad es que sí estaba considerando darle otra oportunidad, porque qué tal si yo, por neurótica, me estoy equivocando y...

En ese momento el celular de Gía vibró con un mensaje del Rockfather; solo decía, entre lo que ella podía interpretar como carcajadas virtuales: «A mí me pasó lo mismo que a ese pobre pendejo la semana pasada, ¿no te acuerdas?». Claro que se acordaba, tarde o temprano le pasaba a todo mundo, pero mientras el Rockfather se doblaba de la risa por haber mandado el mensaje de «Hazme el amor dulcemente» a la *groupie* equivocada, Gía se mordía los labios para no identificarse con la pobre chavita enamorada y seguir siendo parte de la banda; entender el lado masculino del asunto.

—Te voy a decir algo que ninguna de tus demás amigas te va a contestar, Lisa, pero creo que deberías dejarlo salirse con la suya solo esta vez.

—¡¿Qué?!— preguntó la mujer, impactada en serio. Esperaba una voz autorizada, alguien que le dijera exactamente qué hacer cuando llega ese momento en que ya no puedes contar con tus facultades para decidir, cuando el deseo de que las cosas funcionen es mucho más poderoso que la razón. Estaba segura de que la respuesta sería «huye de ahí», y ahora tenía aquí a su ídolo dándole una segunda oportunidad, una salida para no enfrentar el dolor y quedarse ahí a pesar de todas las evidencias.

—Mira, Lisa —dijo Gía—, me parece excelente que lo hayas enfrentado; ahora él sabe que no eres una inocente maleable y se va a cuidar más. Tú crees que eres la mujer más importante de su vida… yo no lo sé, es remotamente posible, aunque lo dudo. Pero de todos modos, ¿no me digas que tú no tienes jugueteos sexuales por mensajes de texto con algún hombre que no te importa?

—Bueno, sí. Pero solo lo hago porque no lo tengo seguro; no significa nada.

—¡Ajá!

—¿A… já?

—¿Qué está pensando tu hermoso Neandertal? ¡Pues eso mismo! Pero con una erección de por medio, lo cual evita que la sangre fluya hasta el cerebro. Sin duda es un perfecto subdesarrollado, aunque tú también un poquito, pequeña. Pero si lo quieres, no pretendamos que se te va a olvidar nada más porque sabes que eso es lo que te conviene. Él básicamente está pensando, a un nivel que ni conoce tener en su disminuido cerebro, que con una sola vieja en su haber no es suficiente para llamarse hombre, así que se la pasa reafirmándose. ¿Crees que puedes ser la buena? Dale esta oportunidad, pero solo esta. Y mira que dudo mucho de la monogamia potencial de tu pedazo de *Homo sapiens*.

»Pero abre bien la puerta y salte por la ventana; así, cuando te venga a buscar, seguro de que ahí estarás y no te encuentre, no va a saber qué fue lo que le dio en la cabeza. Los jueguitos son horribles, Lisa, pero ellos no nos dejan más opción. Para tu suerte, conmigo tienes su plan de batalla y vamos a ganarle juntas, pero solo si eres disciplinada y te queda claro que él seguirá haciendo esas mam… esas tonterías. Pero si te quiere, te quiere. ¿Vale?

—¡Vale! —dijo Lisa feliz.

Le habían dado un muy inesperado permiso de quedarse ahí un ratito más; no debía enfrentar el dolor de la pérdida todavía. Gía sí sabía, no como sus amigas, que todas al unísono le gritaron «Tienes que mandarlo a la chingada, güey», aunque aún no era el momento.

—Mil gracias, Gía, y que Dios te… ¿ah, no, verdad? Y que la vida te lo pague —dijo la ya no tan triste Lisa antes de que Gía mandara al corte comercial, no sin antes rematar con la cabronada de:

—Gracias a ti, Itzel. Ay, perdón, Lisa. Buenas noches, amor.

Lo del corte no era únicamente cuestión de tiempos radiofónicos: al otro lado de la cabina, con cara de circunstancias, estaba Rebeca, su publirrelacionista; no se veía nada contenta. Su cabello rojo fuego parecía brillar más que de costumbre y contrastaba con su estricto traje sastre verde «me ves porque me ves». Toda la ropa de Rebeca era igual, lo único que cambiaba era el color según la situación y el cliente. No se esperó a que Bobbie le diera la señal: Rebeca rompió todas las reglas y ya se encontraba en la cabina. El corte duraba menos de cuatro minutos y tenía que dejar claras varias cosas antes de que terminara.

REBECA

Rebeca McBride era un animal aparte en la fauna de las relaciones públicas mexicanas. Antes de regresar a montar su agencia, se había formado en Hollywood organizando *junkets* —eventos especiales— para la prensa cinematográfica, tanto doméstica como internacional; después brincó a ser *personal manager* de algunos de los nombres más codiciados de la industria. Ahí vio de todo, conocía todos los trucos, entendía a la perfección cuando un periodista estaba dispuesto a decir maravillas de una porquería a cambio de un viaje. Sabía quiénes eran los susceptibles, que por el mero hecho de sentirse «el mejor amigo de Johnny Depp» harían una crítica brillante de un trabajo completamente gris. Sabía, también, con quién nunca insistir. Aprendió a negociar contenido a cambio de favores con algunas de las personas más importantes de la meca del cine.

Después de eso, un territorio virgen y poco trabajado como México era pan comido. «Aquí todos son aficionados», pensó. Con qué poco se empachaban. En secreto Rebeca despreciaba en serio a la farándula nacional, considerando a la mayoría de sus miembros como «el club de los "ya quisieran"». Todo era una mímica, una perpetua «región cuatro» de lo que había aprendido en LA. Muy pocos clientes poseían realmente esa cualidad de «estrellas» que ella respetaba; Gía, por ejemplo, sí la tenía: no lo podía describir con exactitud, quizás era esa capacidad de aparentar que ni la fama ni la gloria le importaban. Seguro tenía que ver con que no parecía estar haciendo ningún esfuerzo para que el público la considerara auténtica y aspiracional. El caso era que en un mundo donde el cariño simplemente no se daba, a Rebeca no le quedaba sino admitir que sentía una extraña forma de afecto por la mujer.

«Pero no se puede tener todo en la vida», pensaba con frecuencia la glamorosa Rebeca, quien extrañaba con desesperación esos desayunos con sus famosos clientes en el Beverly Wilshire o el Montage, allá en la tierra prometida de California. Pero un buen día descubrió que si lo que en verdad quería era ser la número uno, el gran nicho de oportunidad estaba en… oh, horror, la ciudad donde había nacido.

Y es que una mañana, leyendo alguna de las treinta publicaciones que revisaba a diario en internet, encontró que la gran mayoría de los famosos estaba a punto de quedarse sin exclusividad alguna: las dos principales televisoras mexicanas, supuestamente en competencia, habían hecho un enorme pacto de no piratearse a sus talentos y por lo tanto ya no tendrían que pagar por la fidelidad de los mismos. Con esto venía una especie de orfandad artística, porque «las estrellas» no solo se vieron de repente sin canal, sino que al dejar de ser parte del inventario, también se quedaron sin asesoría ni representantes.

La prensa era cada vez más feroz y ni qué decir la sociedad: blogueros y tuiteros podían destrozar una trayectoria de años sin el menor empacho, sintiéndose incluso líderes del cambio social por hacerlo. Los famosos de pronto se encontraban en un mar de medios agresivos sin saber qué decir o cómo protegerse. Rebeca les decía exactamente adónde ir, con quién ser vistos y qué contestar, y vaya que les cobraba bien por ello, pero no tenían opción. No había mujer más odiada y respetada en la farándula y la alta sociedad mexicana que Rebeca McBride; bueno, tal vez Gía Escalante, pero por distintos motivos.

Aunque en efecto (por lo que a ella le gustaba pensar que era un accidente geográfico) había nacido en México, el contraste entre su piel blanca como la leche y su cabello rojo delataba que tres de sus abuelos eran irlandeses... y de los de verdad. Ni un solo hombre pudo nunca beber más que la esbelta Rebeca y esa capacidad le ayudó a sobrevivir en situaciones de negocios donde otras mujeres siempre perdían: cuando ellos ya no estaban en condición de decidir, usaba su talento de la seducción etílica para cerrar el trato, colocando a sus selectos clientes en los lugares más privilegiados de los medios y eventos sociales de los alrededores.

Ese día estaba algo preocupada por Gía, había un par de problemas y necesitaba hacer control de daños. Y en cuatro minutos, antes de que su asesorada volviera al aire.

—Hermosa mujer —le dijo, deslizándose con elegancia en la silla al lado de la de Gía y abrazándola toda en un mismo movimiento—. ¿De verdad quieres que se enojen contigo todas las feministas de México al mismo tiempo?

«¿Hoy son las feministas? Hace dos semanas eran las lesbianas», pensó Gía, pero solo respondió:

—¿Por qué? ¿Ya lo logré?

—Gía, lo que pasa es que hay varios grupos de mujeres que no están muy a gusto con tus... tus... pues, consejos. ¿De verdad le dijiste a una señora que lo que tenía que hacer era someterse a lo que su esposo quería, si aún le quedaba la menor intención de ser feliz?

—En la cama, Rebeca: le dije que se sometiera en la cama y así dominaría el resto de la vida del señor en cuestión sin que él se diera cuenta. Y, por cierto, funcionó.

—Necesito que vayas a la cena de «Mujeres contra la violencia intrafamiliar» el próximo miércoles —replicó Rebeca, ya sin ánimo alguno de discutir con su clienta favorita; había retos, pero Gía era una liga aparte.

—El próximo miércoles tengo una cena con Rodrigo. De trabajo —se apresuró a responder.

Rebeca la miró extrañada. ¿Desde cuándo Gía se sabía su propia agenda sin consultar su teléfono o al pobre Bobbie, y tan rápido? Las alarmas en su mente se prendieron al darse cuenta de que aquí sí habría verdadera competencia por la atención y el tiempo de Gía, que de por sí ya eran pocos. ¿Podría sacarle provecho a lo que parecía una nueva cercanía con ese hombre? ¿Se lo estaba cogiendo Gía? Eso podía ser un problema. La necesitaba soltera y disponible para las innumerables citas con actores y empresarios que la pondrían en las páginas de las revistas de alta sociedad.

—Es *crucial* que estés allí. Los problemas no están en tu trabajo sino afuera y sin embargo pueden hacer que pierdas todo, Gía. Bueno, lo reviso con la secretaria de Rodrigo y…

—¡No! —contestó Gía subiendo considerablemente su nivel de decibeles y dejando impactada a Rebeca. Toda se veía transformada, de pronto no era esa fuerte figura tan temida y admirada sino una niña a quien le quitan su juguete nuevo. Sus grandes ojos, casi como calca de una caricatura japonesa, comenzaron a brillar con lágrimas que no pedían permiso para estar ahí, pero que tampoco se atrevían a brotar—. No puedes disponer así de mi tiempo, yo quiero…

De pronto las dos se dieron cuenta de que Bobbie aleteaba con los brazos y le daba conteo.

—Diez… nueve… ocho…

—No pasa nada, mi amor, te dejo y lo platicamos. ¿*Lunch* el lunes? —dijo Rebeca y ya prácticamente estaba en la puerta—. Por favor, no hagas nada que te diga Rodrigo sin que yo lo apruebe primero…

—…siete… seis… cinco…

Gía se volvió hacia Bobbie y de pronto lo vio. ¿A qué maldita hora había llegado? De nuevo, allí estaba Rodrigo, escuchando todo lo que ocurría dentro de la cabina; firme y silencioso como fantasma, observando fascinado la escena con esa deliciosa sonrisa de «ya me las chingué» en la boca. Sintió su cuerpo reaccionar mientras su estómago se doblaba en dos; Rebeca también lo notó, pero no tenía para dónde más moverse: prohibido permanecer dentro de la cabina cuando Gía estuviera al aire. A darle, pues.

—…cuatro… tres…

Los ojos de Gía se secaron instantáneamente; su postura y sonrisa regresaron mientras acomodaba el micrófono a pocos centímetros de su boca y veía a Rebeca caminar hacia lo que sin duda no sería una confrontación interesante. No podía preocuparse por esas cosas en este momento, estaba al aire.

—… dos… ¡vas!

—Tenemos en la línea a Andrea. Miren, ustedes saben que yo no me apego a ninguna corriente de pensamiento que no sea la sola razón; solo así podremos entender lo que ellos piensan —dijo Gía—, porque a fin de cuentas, chicas, hay que admitirlo, ellos son mucho más razonables que nosotras.

Rebeca la miró desde el otro lado del cristal, frunciendo toda la cara para que Gía se diera cuenta de que su mensaje no había pasado desapercibido. Pero solo decía eso para demostrarle a ella y a sus adoradas feministas que nadie le pondría palabras en la boca.

Por su parte, Rodrigo alcanzó a soltar una pequeña carcajada por lo escuchado, antes de tomar el brazo de Rebeca y sacarla de allí con él. «¿Adónde carajos se la está llevando? ¿A su oficina, como a mí ayer?», pensó Gía con la visión del sillón blanco «de rinoceronte» clavada en la mente. Ya se los podía imaginar retorciéndose ahí, sin ropa, todo con ella como pretexto. Siguió hablando:

—Pero cuando escuchen la historia de Andrea, entenderán por qué sostengo mi teoría de que Freud hubiera amado sus celulares: deliciosas fuentes de información cuantificable y almacenable, no como ese escurridizo subconsciente. Mucho más confiables que sus sueños. Cuéntanos, Andrea, ¿qué te pasó?

—Ay, Gía. Ya sé que la que busca encuentra, pero no pude evitarlo. Todo empezó por algo que le pusieron a mi esposo en Facebook, y...

—¿Sabes, Andrea? Creo que una nunca debe tener a su pareja en Facebook. Es inevitable que tarde o temprano alguien se va a volver loco en la relación por eso. Ya me imagino, alguien le escribió algo, y te pusiste como acosadora a averiguar quién era esa mujer... u hombre, no sé. ¿Me equivoco?

—Sí, bueno, no, no te equivocas. El problema es este: la chava que le escribió, resulta que es su ex. No le dije nada pero vi su perfil, se supone que ella ya se casó, entonces ¿por qué le escribe a mi novio? ¿Por qué? Y la maldita está buenísima.

Todo esto sucedía mientras Gía trataba de distinguir las siluetas de Rebeca y Rodrigo afuera de la cabina: allí seguían, afortunadamente, pero parecían demasiado próximos uno de la otra. ¿O era el ángulo con el que la luz les pegaba?

—¿Y luego?

—Pues ayer estábamos cenando en un restaurante de mariscos, y cuando se paró al baño no pude evitarlo, revisé su teléfono. Y sí, tal cual me lo imaginé, ahí estaba ella en su lista de contactos de mensajes. Me enojé tanto, Gía, que no pensé: le mandé un recado como si fuera él.

—¡Nooooo!

—Sí. Le dije: «A ver cuándo nos vemos otra vez», nada más para sondear si ya lo habían hecho. Y luego, claro, entré en pánico porque la vieja ni siquiera leyó el mensaje: una flechita; la última vez que estuvo en el chat fue un día antes. ¡¿Quién hace eso?! Así que borré toda la conversación, pero obvio, solo del lado de mi chavo. Ahora estoy que me muero porque en cualquier momento le contesta y me va a cachar.

—¿Qué edad tienes, Andrea? ¿Como catorce?

—Veintiséis.

—No, pues un aplauso para ti. Yo de verdad te quiero agradecer desde el fondo de mi alma cada una de tus acciones.

—¿Mis acciones? ¿Por qué?

—Pues por el gusto que me da saber que hay mujeres como tú que justifican mi trabajo; qué digo, ¡que justifican toda la industria mundial dedicada a la salud mental!

—Ay, Gía.

—Ay nada, mija: ya lo hiciste, ahora lo acabas bien. Sé que estás en tu casa y que no pierdes de vista el teléfono de tu hombre, ¿verdad? ¿Nos decías que él salió y se le olvidó?

—Se lo escondí.

—Mejor cada vez, Andrea —dijo Gía, quien estaba tan entretenida con esta sonsa que casi logró olvidar que ya no se veían las sombras de Rodrigo y Rebeca; seguramente se habían ido a algún lado para estar solos—. Escríbele otra vez. Enfréntala; ya pasaste el punto de no retorno. ¿Realmente quieres a tu novio?

—Sí. Lo amo.

—Pues lo siento mucho, porque con tu estupidez efectivamente has matado tu relación. Tal vez no se entere hoy, tal vez logres ahuyentarla a ella con mensajes que parezca que son de él, ¿pero quién va a ahuyentar tu paranoia destructiva? No, ese hombre ya no es tuyo, porque no hay nada que ellos odien más que una neurótica acosadora insegura. Y aunque no sepa lo que hiciste, ya lo puede oler; ya lo sabe sin saberlo, y tú también. Sabes que ya se acabó. Mejor termínalo tú, antes que él, y así por lo menos conservas la dignidad.

En ese preciso momento vibró el teléfono y Gía lo vio de reojo, confiada en que sería el Rockfather aplaudiendo su consejo; nadie más que él, y de manera muy ocasional Rebeca, se atrevería a escribirle mientras estaba al aire. Pero no era lo que esperaba, el mensaje venía de Rodrigo, que decía: «Me gustó tu mirada entre las sombras. Hay que hacerlo alguna otra vez».

Confundida, Gía levantó la cara y vio cómo Rebeca regresaba apresurada a la cabina. ¿Estaba un poco despeinada y desaliñada? Eso era atípico por completo. ¿Y ese mensaje? Justo entonces volvió a vibrar.

«Ooops. Destinatario incorrecto. Tú sigue torturando almas, hermosa.»

Gía apretó todo lo que podía apretar y siguió al aire como si nada hubiera pasado.

—Por desgracia, Andrea, la vida a veces es muy dura. No siempre está padre saber lo que ellos piensan, pero me temo que conmigo, solo la verdad. Así que te dejo con eso por hoy, ¿y qué tal si te reportas en los próximos días? Te apuesto que si no te atreves a mandarlo a volar tú, él lo hará por ti para el próximo miércoles. Y ni pienses en tirar ese celular al triturador de comida: la infidelidad, como el agua, encuentra el camino. Ya ni modo, pequeña. Buenas noches.

—Buenas noches, Gía —contestó Andrea con una voz pequeña pero resignada—. Así será.

Gía se quedó pensando en el mensaje de Rodrigo; eso, sin duda, no pudo ser sin querer. ¿Sería tan maquiavélico como para informarle de esa manera que estaba metiéndole mano a su publirrelacionista a pocos metros de ella? ¿Y por ese medio? No podía haber sido un error. Hasta el último movimiento de su jefe estaba perfectamente calculado.

Sabía muy bien qué se diría a sí misma si fuera una radioescucha llamando con su situación: «Hay cosas que los hombres nunca te dirán de forma directa; la mayoría de ellos odia la confrontación en temas emocionales. Este es capaz de invitarte a salir, hacerte sentir como una princesa y dejarte feliz por días, solo para anular todo el efecto logrado, dejando que su subconsciente mandara un mensaje que igual podría haber dicho: "Tú no eres especial. Hay y habrá otras mujeres, hagas lo que hagas. No importa lo espectacular que seas, no hay manera que yo te am…"».

—¡Gía! —vociferó Rebeca, al ver que no lograba captar la atención de su cliente y que otra vez tenía cuatro minutos antes de ser desterrada de la cabina—. Hay otro asunto del que quisiera que estuvieras pendiente, solo como precaución. Mis fuentes me dicen que «Anastasia, la Reina de la Red» ya te tiene en la mira, y…

—¿Quién?

¿De qué demonios estaba hablando esta loca?

—¿No sabes quién es? —respondió Rebeca exasperada; no cabía la menor duda de que su cliente vivía en «Planeta Gía»—. Es el blog más seguido de México. Y es una cabrona; bueno, un cabrón. El caso es que ya posteó un par de cosas sobre ti, nada grave aún, pero necesito que pongas mucho cuidado en con quién eres vista y dónde durante los próximos días, ¿vale?

—Okey, Rebeca —respondió Gía dulcemente.

Ya no tenía ganas de pelear ni de enterarse de nada malo; el mundo entero y sus problemas, excepto los que debía resolver al aire, se podían ir a la fregada por hoy. El mensaje «equivocado» de Rodrigo la había dejado con una sensación similar a pasar horas bajo fuego. No quería saber nada de nadie, mucho menos de esta amazona pelirroja; la despidió casi de modo ausente y se concentró en el caso que seguía. Mañana sería otro día, pero todavía debía sobrevivir la noche. «¿Ansiolítico o algo un poco más efectivo?», se preguntó, ya con la respuesta en su media sonrisita. Volteó a ver a sus *fuckbuddies,* quienes seguían ocupados atendiendo los teléfonos y buscando la música de salida a corte que ella le pidiera a Bobbie.

«¿Arnie o James?», se preguntó a sí misma mientras consideraba cuál de los dos le ayudaría a pasar mejor la noche. James, probablemente; era el que menos tiempo llevaba allí, y de los dos, el que menos enamorado estaba de Gía. Ligeramente menos.

Con una sonrisa especial captó la atención del becario y de esa manera quedó todo resuelto: no había que decir mucho más.

«Toma eso, Rodrigo. No puedes arruinarme la noche», pensó, al tiempo que se volvía a mirar si él seguía por allí. Por supuesto que no: ni Rodrigo ni Rebeca estaban ya a la vista.

Tres

La cosa mala

Existe cierto tipo de mujer en esta vida que entiende con claridad, a la primera, a qué se refiere una cuando habla de «la cosa mala»: muchas piensan que es una película de terror, otras están convencidas de que se trata de algún relato sobre la mafia italiana. Se requiere tener muy bien afinados los instintos primarios para reconocer «la cosa mala», eso que muy pocos hombres en el mundo poseen, pero que cuando una se lo topa, en principio ya valió madres todo.

Las más inocentes piensan que es algo que pueden controlar con la mente. Ese es el primer error que las llevará directo a la perdición: de todas las clases de inteligencia que existen de ella, no hay una sola que se encargue de las reacciones que es capaz de provocar el auténtico «chico malo»; algunas de las mujeres más rudas de la historia han perdido por eso. No tiene mucho que ver con el amor, aunque se respira de la misma manera: es esa forma de dejarnos a su merced cuando estas perfectas combinaciones entre sensualidad, oscuridad y cálculo nos ven a los ojos y deciden que nos desean, aunque sea por el breve rato que dura la conquista.

Si un hombre tiene «la cosa mala», más le vale a la presa dejarse cazar y gozarlo, y después, mejor será no esperar un mañana… ahí es donde los corazones realmente se rompen.

Esos eran los pensamientos de Gía, pero nadie lo hubiera imaginado al verla sonreír y saludar a políticos, diplomáticos y periodistas en la cena organizada por la Cámara de Radio y Televisión a la cual acompañaba a Rodrigo. Sí, ya era miércoles y ella se veía espectacular: su entallado y estricto traje sastre blanco Stella McCartney humillaba a todas las que habían hecho un esfuerzo por destacar. ¿Qué vestido de coctel podía competir con la forma en que el saco marcaba sus delicadas curvas? ¿Qué rivalizaba con el extraordinario escote que se asomaba discretamente de su *top* de encaje?

Se había soltado el cabello largo y este rebasaba sus hombros en suaves ondulaciones, enmarcando su rostro con una suavidad poco común; de su lado no se despegaba Rodrigo, quien se olvidó de sus afortunados *jeans* para ponerse algo un poco más apropiado para el heredero de un imperio mediático. Eran la pareja perfecta, saludando y abrazando cariñosamente a todo aquel que les pudiera hacer algún tipo de bien. La mano de Rodrigo en el hombro de Gía indicaba, a quien los viera, cariño respetuoso, pero ella sabía la verdad. «Está controlando incluso mis movimientos, viendo hasta dónde cedo, como si fuera una yegua que aún no decide si quiere montar.»

—Gía, te presento a un gran amigo, Saúl Cortínez. Él es el verdadero brazo fuerte de su partido —dijo Rodrigo, convencido de que sus palabras tendrían el efecto deseado; funcionó, pero la mirada de Saúl ya recorría a Gía mientras le tendía la mano.

Saúl de verdad parecía una caricatura de político jurásico. Alguna vez había sido bastante guapo, pero con los placeres que la vida le otorgó por su estatus social, le creció también una protuberante panza; su cabello, curiosamente muy parecido al de Rodrigo, era lo poco que le quedaba de los tiempos en que apareció de modo constante en las listas de «los diez más guapos» de la élite mexicana. A sus casi cincuenta años le tenía por completo sin cuidado lo que opinaran de él los editores de sociales: el poder, aprendió, era el mejor afrodisiaco. Además se consideraba un hombre felizmente casado; la parte feliz era porque su mujer ya ni siquiera parecía reaccionar a sus numerosas indiscreciones.

—Vaya —le contestó—. Hasta que vienes bien acompañado. Pero esta mujer sí es de las que te contestan, Rodrigo; sé que nunca lo aceptarías en casa, ¿pero en la oficina?

Ambos hombres soltaron una carcajada de complicidad y se dieron unas palmadas en forma de medio abrazo mientras Gía los miraba con dulzura y franqueza aparentes que habrían podido derretir hasta al político mejor entrenado. Con los ojos completamente abiertos, nadie pensaría que su mente trabajaba a mil por hora; aquí había peligro, y también podría sacar provecho si hacía bien las cosas. De pronto sonrió, y con la mirada fija en el político respondió:

—Cuando Rodrigo cree que consigue algo es porque ya me salí con la mía, Saúl. Ese es el secreto, ¿sabes?: dejarlos pensar que ganaron, y entonces harán lo que sea por ti. ¿O me equivoco, *jefe*?

Él solo levantó una ceja y se le quedó viendo, entre admirado por su audacia y molesto por la confianza. Saúl nada más soltó una gran carcajada.

—Ya veo por qué estás donde estás, Gía. Pero Rodrigo no debería confiar tanto en sus supuestos amigos, ¿qué tal si te robo para el gabinete del candidato?

Más risas falsas y la mano de Rodrigo apretó más fuerte, aunque de manera imperceptible para cualquiera que los estuviera mirando, el hombro de Gía.

Saúl era tan «niño bien» como Rodrigo, pero ahora se encontraban en lados opuestos de la cancha en un partido muy complicado. Aún se discutía cuál sería el puesto que ocuparía el primero cuando «el Ingeniero» tomara las riendas de la Presidencia de la República en algunos meses, pero estaba entre secretario particular del *preciso,* o ya de plano secretario de Gobernación. Como fuera, tendría mucho poder en las manos y una influencia considerable en materia de telecomunicaciones y presupuestos.

Claro que Rodrigo era su adversario natural, sobre todo por el muy molesto hecho de que dependían uno del otro bajo estas circunstancias. Como en la Guerra Fría, nadie podía lanzar el primer misil porque habría una destrucción masiva garantizada: eran rehenes uno del otro, y la única forma de sobrellevarlo era fingir una entrañable amistad. Sin embargo, el jueguito se comenzaba a gastar, sobre todo ahora que, con Gía como «premio», los dos hombres semejaban perros gruñéndose entre sí por el mismo pedazo de carne.

—Dudo mucho que esté buscando un hueso, Saúl. Conmigo tiene todo lo que podría necesitar.

«Uy, guerra declarada. Momento para negociar», pensó Gía, pero antes de que pudiera abrir la boca, Rodrigo continuó:

—Si realmente la necesitas un día de estos, yo te la presto; hasta autorizo que, como hoy, esta perfecta muñequita deje grabado su programa. Sí, Gía, sé que no te encanta eso, ¿pero no lo harías por un amigo mío?

Y se le quedó viendo con tal intensidad que ella dudó por un instante poder sobrevivirlo en una sola pieza, pero no tenía opción, si iba a ganar esta batalla era hora de mostrar sus mejores armas. No era la puta de nadie, carajo, mucho menos de estos dos imbéciles que peleaban por ella como si fuera la muñeca inflable más fina del mundo. Con solo la mirada captó la atención del presidente de la Cámara, el director de la competencia, por cierto, y con un elegante movimiento logró al mismo tiempo soltarse de Rodrigo e integrar al empresario al incómodo trío.

—Daniel, sé que conoces muy bien a Rodrigo y a Saúl. No entiendo bien a qué se refieren cuando hablan de «huesos» y «préstamos». ¿Me explicas…?

Un par de horas después, en el asiento trasero del Bentley blanco de Rodrigo, los dos batallaban por no ser el primero en abrir la boca. Gía sabía que se había pasado, pero no le importaba: era un clásico caso de matar o morir y Rodrigo era quien la metió en esa situación. Le quedaba completamente claro que habría consecuencias, pero en ese momento no podía evitar reír en silencio un poquito. Su pregunta y su selección de interlocutor no fueron inocentes en absoluto; nada de lo que ella hacía lo era. Se preguntaba cuánto tardaría «el jefe» en decir algo al respecto; como los campeones, el silencio se mantuvo casi todo el camino, pero a pocas calles de la casa de Gía ocurrió lo obvio.

—Creo que sabes bastante bien que me metiste un gol esta noche, ¿verdad, guapa?

—¿Yo? —Gía era la inocencia hecha mujer.

—Está bien, vamos a jugar a que no entiendes y ahí te va de nuevo: necesito que Saúl me apoye en varias cosas muy importantes, concesiones y presupuestos. ¿Quieres acabar transmitiendo en un AM que tú solita tengas que rentar por hora? A ver dónde se irían tus anunciantes. Todo va a cambiar el próximo sexenio; es un asunto grave, Gía; tanto, que puede significar la diferencia entre que siga o no tu programa al aire. Todos los programas…

—¿Así de plano, Rodrigo? —Gía seguía burlona, no la alteraba.

—Y sabes como nadie que Daniel es contra quien estamos compitiendo por todo eso.

—Oh, no —contestó sin emoción alguna. Nada la podría perturbar.

Estaban a punto de llegar y Gía sentía un poco de pena por pensar que una noche tan divertida no tuviera mejor desenlace. Pero ahora, por el rol que le tocó mantener en este ridículo juego, no podía darse permiso de mostrar nada más que indiferencia y hasta un poco de actitud irrespetuosa hacia Rodrigo. «Qué lástima», pensaba una pequeña parte de ella; el resto de su ser se otorgaba una silenciosa ovación de pie. Hasta que ocurrió.

El traje de Gía era muy entallado y su escote se pronunciaba más al verse abrazada por los asientos de ese coche de tan ridículo lujo. Estaba quieta como una estatua, pero de pronto sucedió lo impensable: la mano de Rodrigo estaba en su pierna. Arriba de la rodilla; mucho más arriba. A pesar de sí misma, Gía sintió su cuerpo reaccionar violentamente; así, sin nada para prepararla, estaba lista por completo para él, y el muy desgraciado lo sabía. La mirada, sin embargo, no cambió y el discurso tampoco.

—Sé que estás muy acostumbrada a salirte con la tuya, pero esto no es tu programa, ¿entiendes? Aquí nadie te va a dar las gracias porque lo insultes.

—Sí, pero... —no había para dónde huir.

—Te necesito, Gía. Te necesito porque eres extraordinaria en lo que haces. Te necesito porque Saúl está medio enamorado de ti, y aunque me dé asco, lo queremos contento. Te necesito porque hay muy pocas mujeres en el mundo capaces de hacerme sentir tan vivo…

Su mano iba subiendo hacia su objetivo mientras Gía la veía casi sin palabras. «¿Me necesita?» No era que su mente estuviera trabajando, pero «la cosa mala» de este hombre era suficiente para dejar inoperante su cerebro. No podía dejar de verlo: su oscuridad obscena, prometedora y deliciosa. No, la única defensa era quedarse paralizada por entero sin reaccionar, que él no se diera cuenta de lo que le hacía. ¿Qué dijo? ¿Que lo hacía sentirse vivo? Bueno, eso era algo que sí podía entender, porque…

Sin verlo venir, los labios de Rodrigo estaban en su boca, presionando y explorando como el gran experto que era. «¡No!», se dijo a sí misma; «No, no, no puede resultarle tan fácil», y con toda la fuerza que poseía, hizo lo posible para no realizar el más mínimo movimiento, para no mostrar la menor reacción. Por más que su cuerpo la traicionaba, se obligó a sí misma a concentrarse; no iba a perder esta competencia.

Entonces él la alejó un poco y le lanzó la mirada más dulce y vulnerable que Gía viera en toda su vida: le decía sin palabra alguna que también había cedido. Que igual perdía al mostrar así sus sentimientos y sensaciones, pero que el momento era demasiado imponente como para poder controlarlo. La mirada afirmaba que él sentía lo mismo. Por un momento todo lo sucedido en la noche se borró de su cabeza; la resistencia y el conocimiento eran solo un vago recuerdo que ya ni de advertencia servía. Solo podía ver la cara de este hombre que de pronto no reconocía: aún era hermoso, pero le parecía dulcemente distorsionada, como si fuera un personaje de pesadilla que de pronto decidiera que el sueño era uno erótico y de amor.

Ella quería agradecerle por sacar todo de las penumbras y llevarlo a una altura de profunda sensualidad y esperanza; eso, en pensamientos nada bien formados, asaltaba su cabeza cuando Rodrigo se acercó a besarla otra vez. Pero en esta ocasión se detuvo a menos de un centímetro de su boca, la suficiente distancia para que todavía pudiera distinguir el brillo de sus ojos; lo bastante lejos para que sintiera lo que parecía un dolor físico por la breve distancia, y la atravesara sin pensarlo para llegar a él.

En el momento en que Gía sintió sus labios se dio cuenta del error, y del horror: la boca que besaba sonreía; su mano ya no estaba en su pierna, y el coche estaba estacionado.

—Ya llegamos a tu casa, guapa. Gracias por tu enorme apoyo. Nos vemos mañana en el trabajo.

Le dijo esto mientras se estiraba sobre ella para ayudarle a abrir la puerta, labor que terminó con profesionalismo su chofer mientras Rodrigo se quedaba adentro y sacaba su celular, ya pendiente del siguiente asunto en su agenda. No quedaba nada por hacer, lo sabían los dos; ella había perdido, al menos por esa noche, la gran competencia.

Has creado un monstruo

La noche siguiente Gía estaba en cabina otra vez, con su uniforme de batalla: *jeans* entallados, *top* negro semitransparente con figuras y curvas de Givenchy, y las más perfectas botas militares con tacón que no dejaban nada a la interpretación. Esta era una mujer que estaba a cargo de la situación.

Al aire

—Hablemos de «la cosa mala», porque hay que saber distinguirla antes de meternos en una situación de la que no nos podremos desenredar con facilidad. La primera vez que la notes, hazte bien estas preguntas: «¿Ya me lleva la ventaja este hombre que ni siquiera conozco?», «¿Voy a aguantarme mañana las ganas de hablarle dieciocho veces si hoy dejo que me haga el amor?», «¿Voy a cerrar mis ojos y ver los suyos?». Sí, estimadas, hay que saber distinguir bien a esta «cosa mala», porque cuando te agarra desprevenida, ya no te suelta. ¿O me equivoco? En la línea está Sofía...

Extraños sonidos se escucharon al otro lado de la bocina, aunque ninguno que pudiera ser confundido con una palabra. Gía no mostraba la menor señal del drama suscitado la noche anterior pero Bobbie, su fiel Bobbie, no era fácilmente engañado; sabía que algo extraño había pasado. Que las cosas no estaban calibradas a la perfección como de costumbre, y temía que a la menor provocación Gía pudiera brincar al estado de «la madre de todas las perras». Hasta ahora todo en paz, pero se preocupaba; cómo se preocupaba.

—A ver, Sofía, la pregunta es muy sencilla: ¿tu hombre tiene «la cosa mala» o no?

Respiración profunda, risa nerviosa y al fin:

—Sí, sí la tiene. Fíjate que el otro día llegó tarde tres horas y media, y…

—No me digas que aun así lo recibiste. Dime que no lo hiciste, Sofía, por favor, o dejaré de creer en la dignidad.

—No lo iba a hacer, Gía, te lo juro. Hasta había escrito un mensaje de texto en el que le decía muy clarito que se fuera directo a la fregada, pero...

—No lo mandaste: ni el mensaje, ni a la…

—¡Lo iba a mandar! Fácilmente unas diecisiete veces puse mi dedo sobre la tecla para enviarlo. Pero entonces me acordaba de algo y me decía: «Espera, ¿qué son cinco minutos más?».

—¿Acumulados? Toda tu vida.

—Ya sé. Pero me acordaba de cómo se me quedó viendo la última vez que estuvimos solos, su mirada y…

—La palabra operante es «veía», Sofía, ¿para qué te quedas atorada en el pasado? Y no, una esporádica aparición en forma de mensaje de texto no quiere decir que está pensando en ti; de seguro estaba aburrido y se puso a repasar su lista de contactos en el teléfono, a ver quién lo entretenía un rato.

—Debes de creer que soy la más grande de las arrastradas, ¿verdad, Gía?

Un silencio; nadie respiró en cabina. No sabían si Gía tomaría la frase como una confrontación (y si era así, que alguna fuerza suprema los ayudara a todos) o si nada más sería el trampolín para hacer trizas a la pobre e incauta Sofía. Y entonces… la contestación que menos cabía esperar. Con un suave tono de voz, Gía dijo:

—No, Sofía, no lo creo. De hecho, entiendo muy bien por qué lo hiciste.

—¡¿Qué?!

El cuestionamiento fue colectivo: prácticamente todos los que escuchaban lo pensaron, pero Bobbie y Sofía lo dijeron fuerte. ¿Qué le había pasado a la mujer de las emociones gélidas, le crecieron sentimientos mientras dormía? ¿Tenían que empezar a preocuparse por un tumor cerebral?

«Creo que debo comenzar a buscar otro trabajo», pensó Bobbie; «tal vez en noticias, donde no existe ni esperanza de conectar la mente con el corazón». Pero entonces, al ver la cara de Gía, respiró: obvio, todo era un plan para desarmar a la sensible radioescucha y luego meter el golpe donde más dolía... y donde más ayudaría también. Ya habíamos dicho que la mujer sabe lo que hace, ¿verdad?

—Te entiendo, Sofía, porque los hombres que poseen «la cosa mala» nunca han tenido que trabajar para conseguir la nalga que quieran en la vida; perdón que suene tan burda, pero así es como lo ven y lo que queremos es saber lo que ellos piensan, solo así podremos sobrevivir. Por eso te digo: cuando la oscuridad de su mirada te afloje las piernas, cuando en la noche te descubres gimiendo solo de pensar en su boca que ni te ha tocado, cuando lo has podido oler y tu estómago se dobla en seis nada más con recordarlo... más vale que te avientes al lado profundo de la alberca y ruégale al cosmos que puedas flotar, amor. Entre más te muevas, más te vas a hundir: tristemente es él quien se va a encargar de aburrirse de ti y al final te va a dejar sin opciones. Así que respíralo muy, muy profundo y quédate con el recuerdo, porque pronto ya no va a estar, y justo esa será tu salvación. Si lo aceptas desde ahorita, tal vez lo superes.

—¿Pero puedo estar con él, entonces?

—¿Quieres que te dé permiso? Adelante, Sofía, date en la madre sola: vas a hacerlo de todos modos. Por lo menos ahora sabes que esto tiene fecha de caducidad y no perderás el tiempo planeando cosas que nunca serán. ¿Vale?

No, Gía no se detuvo ni por un segundo a pensar que se podría estar hablando a sí misma; no era parte de su naturaleza ceder ante impulsos tan autodestructivos como admitir la verdad.

—Creo que... creo, pues, que entonces mejor sí le mando ese mensaje, ¿verdad? —dijo Sofía.

—Allá tú y tu mala cabeza. Hay «cosa mala»; no puedo salvarte. Por lo menos pásala bien: cinco minutos. Pero mañana no llores.

—¡Mil gracias, Gía! ¡Eres la onda... *bye*!

Casi entre carcajadas Gía mandó a corte. «Ay, sí, todas son el mismo animal», pensó mientras Bobbie entraba a la cabina con cara de estupefacción.

—No puedo creer lo que acabas de decir al aire, Gía. Pobre mujer.

Las palabras no terminaban de salir de la boca de Bobbie cuando se dio cuenta de que había cometido un error tremendo, de esos que pagaría con sangre por años y años.

—¿Pobre mujer? ¿De qué estás hablando? Le acabo de regalar dos semanas y media de felicidad; gente como ella se puede dar el lujo, no tiene nada que perder. La envidio.

—O... key —dijo aún más confundido el productor.

—¿Sabes qué, Bobbie? Este es un gran tema: «la cosa mala», el villano a vencer. Creo que esa debe ser la nueva misión para las próximas semanas en este programa; vamos a encontrar casos, los pasamos al aire, escogemos los mejores y les damos seguimiento hasta que alguien pueda ganarle al demonio. Entonces haremos una especie de coronación radiofónica y dejaremos que la ganadora tenga un premio espectacular.

—¿Un viaje? ¿Consigo el patrocinio de BMW o de Audi?

—¡No! Mejor todavía, mucho mejor: la voy a dejar ser mi co-conductora una semana. ¿Cómo ves? Puede leer llamadas, dar los teléfonos y hasta dar regalitos al público.

—No, pues padrísimo, Gía. Mucho mejor.

Por un instante ella lo observó con la ceja levantada, preguntándose a sí misma si de verdad este compadre tendría los... tamaños de burlarse de ella. Pero después concluyó que no le importaba ni tantito, acababa de tener una brillante idea y no iba a perder el tiempo adivinando o preocupándose por lo que Bobbie estuviera pensando.

—Bobbie, quiero que para cuando terminemos el programa me tengas casos, muchos casos donde las mujeres deban vencer «la cosa mala»; tienen que ser originales, divertidos, y sobre todo profunda y deliciosamente humillantes. Nos vemos en la oficina. Sí, a la una de la mañana, ¿a poco pensaban dormir hoy?

Por supuesto que no. Y por supuesto que Gía jamás se molestó en relacionar su nuevo gran descubrimiento radiofónico con nada que hubiera vivido la noche anterior: la vida real y su transmisión al aire coexistían solo cuando le convenía, y este sin duda no era un momento para asumir sus debilidades. Los ojos le brillaban de la emoción: no podía esperar a escuchar cuántas otras almas miserables andaban allá afuera, aferradas por completo a un hombre que no podía darles lo que merecían, pero que las hacía sentirse profundamente vivas en el proceso.

Tu misión: ubicar, gozar y aniquilar a «la cosa mala»

En su oficina estaban Gía, Bobbie, los *fuckbuddies* y Alejandro; en efecto, faltaba nada para las dos de la mañana y nadie se iba aún de allí. Pobre Alejandro, había llegado emocionado porque por fin vería a Gía después de varios días en que el trabajo la tuvo prácticamente prisionera. («¿Qué puedo hacer, Alex? El maldito Rodrigo piensa que soy parte del inventario de esta compañía»). Lo entendía; él siempre entendía. ¿Cómo no hacerlo cuando pensaba en la boca sonriente de su mujer? Siempre que la veía, acababa diciendo alguna variante de «No importa, mi amor», o «Cuando tú puedas, mi vida».

Alejandro no se percibía a sí mismo como un mandilón, lo que pasaba era que decidió, cuando se enamoró de Gía, que era hora de dejar los juegos tontos: si amaba a una mujer, ¿para qué complicarse la vida? La quería cerca y punto.

Por eso no se sentía humillado cada vez que ella hacía como que no entendía cuando le proponía matrimonio, una y otra vez; iban seis ya. Pero así como Alex hizo su fortuna y mantenía el mismo cuerpo que tenía desde sus veintisiete hasta sus cuarenta y dos años, no iba a flaquear, todo en esta vida llegaba con la paciencia y la persistencia. Y él quería a Gía. Punto.

Si eso lo tenía una madrugada de jueves escuchando a Bobbie leer tragedias amorosas ajenas, ni modo. (¿Pero por qué lo verían tan raro los asistentes de Gía? Así como con coraje, acompañado de risas discretas.) Bobbie ahora recitaba histriónicamente en su búsqueda de la historia perfecta acerca de lo que se le había metido en la cabeza a Gía: «la cosa mala» (¿qué demonios era eso?).

—«La cosa mala es de admirarse; atraerla es todo un talento que pocas poseemos. Como yo, por ejemplo: con solo pararme en un lugar donde haya hombres, logro identificar al que más me puede dar en la madre, ya sabes, el que menos me va a apreciar, o más me va a ningunear. Y claro, ahí concentro toda mi energía para...»

—Muy obvio —interrumpió Gía mientras Alex la miraba encantado y los *fuckbuddies* hacían un enorme esfuerzo por no soltar la carcajada—. El que sigue.

—«Lo vi en un bar de la Zona Rosa. Él me miró y en ese momento lo supe, tenía que pasar la noche con él. Me contó que estaba en una despedida de soltero y...»

—¡No! —dijo Gía entre carcajadas—. Ya ni sigas… O bueno, Bobbie, bríncate hasta la parte que la comadre descubrió que el tipo era, en el mejor de los casos, bisexual, y ella ya se había hartado de pagar su renta porque «la cosa mala» le dijo que lo hiciera…

—Qué poca fe en la humanidad, Gía —dijo Bobbie, fingiendo seriedad mientras seguía leyendo las anotaciones—. ¿Bisexual? ¡Completamente gay! Y ella pagó solo dos mensualidades del carro y se hartó cuando se dio cuenta de que la estaba usando y nunca se iba a acostar con ella.

Todos irrumpieron en carcajadas menos Alejandro, que no lo podía creer. «¿De verdad pasan esas cosas?», pensaba extrañado.

—Ya, Bobbie… dame algo que podamos usar. Necesitamos la madre de todas las cosas malas.

No era un reto fácil. No se trataba de repetir clichés de seducción común; no le serviría un relato que solo contuviera los típicos elementos de una entrega sexual cualquiera. No; necesitaba escuchar algo que la hiciera sentir a ella y a sus radioescuchas que la fuerza era demasiado intensa como para poder resistirse, tenía que encontrar una confesión que los remitiera a esa vieja fantasía de ser devorados carnal y emocionalmente sin poder hacer nada al respecto porque el deseo era mucho muy superior a la razón, que sin duda gritaría alarmada y en pánico la instrucción de que había que salir corriendo de ahí.

Quería poder narrar al aire las historias de la más deliciosa y profunda entrega voluntaria ante aquel que daba razón a las ilusiones. Y una vez tomado el placer, buscaría resolver con tanta agudeza la situación que ella y los radioescuchas se quedaran con lo mejor de dos mundos: el goce de haber sido seducidas y el poder de triunfar sobre ello al final.

Gía buscaba la libertad después del infierno. La sonrisa complaciente de Alejandro la distraía, no la dejaba excitarse como debía para hallar lo que buscaba; era más bueno que un pastor belga recién bañado. Ni modo, ya estaba ahí, le dedicó una sonrisa que aseguraría su feliz estadía por lo menos las siguientes seis horas y siguió escuchando a Bobbie.

—«Lo conocí en un barco, iba con mis amigos en un viaje de solteros a Alaska y desde el primer momento que lo vi en las escaleras quedé impactada: era el capitán. Yo era la más insegura de todos allí, y por más que hacía, nadie volteaba a verme, pero él sí; no podía entender por qué, hasta que un día me lo encontré en el bar y me atreví, me di permiso de saludarlo. Él me miró, a mí y a mis veinticinco kilos de sobrepeso, como un borracho ve a su botella, me recorrió toda de arriba abajo y me dijo —me ordenó— que me sentara. Ahí empezó todo: fue entonces cuando descubrí qué tanto me gustaba el dolor, que me lastimaran físicamente; de repente todo cabía. Él es el perfecto sádico. ¿Y sabes lo peor? Jamás me ha tocado. Solo sé que cuando mi celular suena a las tres o cuatro de la mañana, ya estoy programada para obedecer... lo cual hoy en día es un problema, porque me encuentro casada y con dos hijos, pero no puedo evitarlo. Yo obedezco al capitán. Me encierro en el baño, y...»

Con gran excitación Gía levantó la mirada de la llamada.

—¡Tenemos una ganadora! Quiero a esta mujer en el estudio mañana, señores. Y encuentren a ese capitán. Esto apenas comienza a ponerse bueno.

CUATRO
LO QUE ELLOS PIENSAN

Periódico *Los Tiempos*, 12 de agosto.
Sociales

Lo que los hombres piensan:
fenómeno en la radio
Omar Vázquez, Ciudad de México

No es ninguna novedad reconocer que Gía Escalante es una de las figuras más emblemáticas en la radio mexicana, pero lo que ha pasado a su alrededor en fechas recientes es otra historia por completo. Con un carisma que parece alimentarse de una dulce crueldad, esta locutora de bella figura ha saltado de la fama al megaestrellato en pocos meses desde que decidió compartir el conocimiento de su fuente secreta (se niega a nombrar cuál o quién es) para aconsejar de manera certera a las mujeres respecto de cómo sobrevivir a lo que ella ha nombrado atinadamente «la cosa mala».

«Digamos que por instinto o suerte soy de esas pocas mujeres que tienen la información mental y emocional sobre lo que ellos realmente piensan», dijo Gía cuando

la encontramos en el hotel Camino Real tomando una copa con su novio, el socialité Alejandro Márquez, y un hombre barbado con chamarra de cuero (tipo Hell's Angels) el pasado sábado por la tarde.

«Me parecería una injusticia de género tener esta información y no compartirla con quienes más la necesitan: las mujeres. Lo siento, chicos», remató dirigiendo una sonrisita a sus acompañantes.

Su método no tiene piedad, pero considerando que, en su opinión, los hombres tampoco, esa es la única manera de poder ganar en esa perpetua carrera por aniquilar la soledad y conseguir muy buen sexo. Si bien siempre se ve rodeada de hombres, ninguno de ellos parece molesto ni preocupado por que Gía revele sus secretos, como si fuera una maga que da a conocer los trucos de la competencia, acabando con ellos y haciéndose millonaria en el proceso. Desde que la conductora comenzó a explorar «la cosa mala» y a revelar «lo que ellos piensan», no solo todo mundo habla del programa sino que también ha recibido ofertas extraordinariamente tentadoras de otras estaciones e incluso repetidas peticiones para moverse a la televisión.

«Gía nunca se iría de Grupo Vibra», señaló en entrevista Rodrigo de la Torre, presidente del área de radio del emporio mediático, el que también cuenta con diversas publicaciones impresas y busca activamente expandirse en el terreno de las telecomunicaciones. «Ella está demasiado feliz aquí, es como familia. Además, su contrato expira hasta dentro de tres años», concluyó con la misma sonrisa que lo ha puesto en varias listas de los solteros más cotizados. Sea como sea, no podemos quitar los ojos de este par de emprendedores de la ra-

*dio, quienes están logrando romper todos los esquemas
y récords de audiencia de un medio que en la era del
podcast muchos ya consideraban muerto o en vías de
extinción.*

—¿Qué te pasa, Gía? ¡Quita esa cara, que apenas vamos empezando! —le dijo exasperada Rebeca, justo con el mismo tono que alguien emplearía para hablarle a una niña que no se quiere comer las verduras. Estaban revisando pendientes la tarde del viernes en la oficina de Gía, y Rebeca preveía que no sería una sesión fácil. Las cosas marchaban bien, muy bien, pero podían ir todavía mejor; era tiempo de usar sus espléndidas tácticas de convencimiento. No es que no estuviera perfectamente consciente de que los comentarios de Rodrigo en uno de los periódicos más leídos le caerían como una bolsa de plomo a su asesorada, pero la verdad es que todo el asunto era buena publicidad.

Como los grandes músicos, las dos sabían que el verdadero dinero ya no se gana de un sueldo (nada despreciable, por cierto, en su caso) sino en las presentaciones personales y la comercialización que se pudiera hacer con el nombre y la imagen que una ganaba día con día; esa nota era como oro molido para las necesidades de Rebeca (sí, con todo y que en este país la gente confunde leer con ver las fotos en las revistas de chismes).

Cierto, había un pequeño conflicto de intereses: la tensión sexual entre su clienta y su jefe empezaba a afectar las decisiones de Gía, y eso no le agradaba nada a Rebeca. (No, no eran celos. En serio.) Haría lo necesario para demostrarle que Rodrigo no le convenía, aunque eso implicara distraer las atenciones de semejante espécimen de hombre hacia ella misma (Rebeca era muy sacrificada).

Sin embargo, eso no era lo que más le preocupaba en aquel momento, una cosa era el periódico y otra lo que tenía que mostrarle a Gía a continuación; esto sí que no le iba a gustar. Sacó su iPad con funda de Louis Vuitton y se lo entregó a Gía.

—Querida, tu vida sexual es una cosa, en tu recámara, eso es completamente tu asunto y nunca me atrevería a intervenir.

—No, pues muchas gracias por esa amabilidad, Rebeca —replicó Gía con su famosa sonrisa sarcástica.

—Pero lo que no funciona es la «monogamia compulsiva» que le presentas a los medios, porque algunos ya no te la creen y eso sí es un problema: tu reputación está en juego y nos puede costar mucho a las dos.

—¡¿Qué?!

A la respuesta de Gía siguió una inevitable carcajada que competía con su sorpresa ante lo que acababa de escuchar; ¿era en serio?

—¿Qué demonios quiere decir eso, Rebeca? Tengo novio. ¿Quieres que lo deje para que tengas algo que escribir en tu próximo boletín?

Sin decir palabra, Rebeca apuntó a su tableta en la que estaba abierto el blog más leído de México: «Anastasia, la Reina de la Red» era sin duda el personaje más seguido del cibermundo nacional, encarnando una perfecta amalgama entre *Ventaneando* y Perez Hilton. Aunque las televisoras empezaron despreciando la importancia de una persona que no estaba en un medio masivo de comunicación, demasiado tarde se dieron cuenta del poder de «Anastasia», cuyo nombre real era Antonio Lagunes Rivera. Cada día, cientos de miles dejaban la televisión y las revistas para encontrar su entretenimiento en los blogs, los cuales percibían como libres y ajenos por entero a las transas políticas que tanto habían dañado ya al país.

Era cierto, Anastasia no tenía alianzas partidistas con nadie: su lealtad estaba firmemente plantada en sí mismo y sus únicas «amistades» eran aquellos que lo podían ayudar a salir adelante en su lucha por tener a la farándula local bajo su férreo control y conseguir los beneficios económicos que eso suponía. Descontando a una conductora de *talk show* en televisión abierta y un par de políticos megainfluyentes, se podía considerar como la persona más odiada con más «comadritas» y «amigos que lo adoraban» en todo el país.

Anastasia era sin duda un hombre que no pasaba desapercibido adonde fuera: aunque batallaba desde siempre con el sobrepeso, no veía la menor necesidad de esconderse detrás de colores oscuros ni texturas sobrias; hubiera sido feliz en los ochenta, cuando los colores fluorescentes dominaban la era del *Flashdance*.

Como por desgracia era producto del siguiente siglo, buscaba la ropa más parecida a la de los tiempos en que Michael Jackson y Juan Gabriel eran los hombres más poderosos de sus respectivos universos musicales; ambos, las principales influencias en lo que a imagen se refería para el bloguero. Nadie hubiera destacado su discreción o buen gusto, pero tampoco había quién quisiera pelearse con él. Un detalle que nunca dejaba de lado eran sus enormes anteojos dorados de montura cuadrada que enmarcaban de manera infaltable sus ojos claros; no servían de nada, Anastasia tenía la vista perfecta, pero por algún motivo sentía que el metal y el cristal lo protegían de que el resto del mundo se enterara de sus intenciones en caso de una mirada directa.

El éxito de Gía no le había pasado desapercibido, Anastasia sabía reconocer a los personajes que generarían tráfico en su página con solo nombrarlos. Por ello, después de escribir un par de entradas amables respecto a la conductora y no recibir ni un breve mensaje de agradecimiento, decidió que era hora de llamar la atención de la hermosa perra.

Gía comenzó a leer un poco más interesada. Si algo no iba a hacer, era despreciar el poder de la mala publicidad; a diferencia de muchos, ella sí creía que esta existía y podía hacer mucho daño. De hecho, en varias ocasiones había disertado con Rebeca acerca de cómo el periódico de ayer en efecto se usaba para que las mascotas tuvieran dónde cagar, pero cualquier cosa puesta en la red se quedaba para siempre (o como tan atinadamente escribió Aaron Sorkin en *La red social:* «Internet está escrito con tinta, no con lápiz»).

¿Engaña Gía a su hombre?

Cuentan los que la tienen cerca que la exquisita locutora Gíanella Escalante no es precisamente el ramillete de virtudes que aparenta cada día cuando le dice a miles de mujeres qué hacer por conducto de su programa de radio. Todos los que revisamos las páginas de sociedad sabemos de su «amorosa relación» con el delicioso bombón Alejandro Márquez, quien bien podría ser contratado como imagen por algún partido político de los Alpes como muestra de la supremacía caucásica, pero ni esa perfección masculina parece ser suficiente para tener quieta a la intrépida Gía. Según afirman nuestras fuentes, la conductora básicamente tiene a Alejandro como pantalla (¡¡¡¡¡qué desperdicio!!!!!) mientras le da vuelo a la hilacha no con uno ni dos, sino tres hombres distintos. Por responsabilidad con mis queridos lectores, ustedes, no reportaré acerca de la posible mujer con la que podría estar involucrada también (claro, hasta que haya fotos). Así que hagamos un voto contra la hipocresía, queridísimos, y ayuden a este humilde comunicador: todos tienen celular con cámara, nadie puede esconder sus vicios para siempre; si ven a Gía envuelta en algo —ejem— impropio de su talla moral, tomen la foto y mándenla, serán recompensados. Considérenlo un servicio a la comunidad. ¡Por medios de comunicación sin mentiras! Trabajemos juntos.

Gía bajó el iPad sin aparente emoción y miró desafiante a Rebeca, pero su mente trabajaba a mil por hora. Las dos se contemplaron fijamente como en un duelo del oeste: sabían que Rebeca tendría que arreglar la situación, hablar con Anastasia y ofrecerle una presa mejor, hacer algún tipo de intercambio con tal de no continuar con esta ridícula cruzada para joderle la existencia a Gía, pero la asesora quería algo de cooperación por parte de su clienta consentida, tampoco era cuestión de hacer milagros sin ayuda de nadie; todo esto pasaba por sus cabezas cuando una carcajada aguardentosa y sexy las distrajo.

En un solo movimiento, pasando en un instante a un entusiasmo segundos antes inimaginable en ella, Gía brincó a los brazos del Rockfather, quien aparentemente había estado allí observándolas, aguantando la carcajada todo ese rato. «Tengo que hacer algo para que los hombres de mi vida dejen de darme estas sorpresitas cuando menos me lo espero», pensó Gía, pero lo que externó fue un grito de profunda felicidad.

—¡Primo! ¿Qué haces aquí? ¿No estabas de gira, cabrón? No sabes qué falta me has hecho...

—Iba pasando por el país y dije: «Voy a ver cómo va mi más amada creación». ¿Cómo está mi Frankenstein de la progesterona?

—Imbécil, sabes que te amo, grandísimo hijo de puta. Ya no te vayas tanto tiempo...

La escena continuaba ante la incrédula sonrisa de Rebeca, quien tuvo que contener una serie de emociones para no traicionarse y así poder sacar ventaja de lo que atestiguaba, primero que nada porque era un animal muy sexual: ¡qué cosa de hombre! Todo lo de elegante, frío y controlador que había en Rodrigo, este lo tenía de vikingo salvaje. Era precisamente el tipo de macho al que una mujer fuerte le entregaría las llaves de... todo, con tal de que la protegiera, aunque esa mujer nunca hubiera admitido, ni a sí misma, que estaría encantada de tener a un talentoso orangután al mando. Ni modo, al final todos somos unas simples bestias diseñadas por la naturaleza.

Por otro lado, la parte gélida y calculadora que había llevado a Rebeca a ser... pues Rebeca, no podía dejar de maravillarse con el hecho de que Gía mostrara con este hombre una reacción primaria un tanto similar a la de ella. Aquí no se trataba de un asunto sexual, no: solo era aceptar que por más extraordinario que fuera su nido, de vez en cuando Gía quería relajarse en lo que el cazador se encargaba de proveerla. Eso era nuevo y bastante útil: ahora sí se iba a poner buena la cosa. El Rockfather al fin puso a Gía en el suelo y concentró su mirada en Rebeca, efectivamente aniquilando por segundos esa parte analítica que trabajaba a toda máquina; le dio un abrazo como si fuera su más antigua amante y dio un paso atrás, moviendo las manos con una excitación contagiosa que no dejaba lugar a la imaginación acerca de quién era el perro alfa en ese momento. Las hembras se acomodaron a escuchar.

—Puta madre, prima, ¿escuché bien? ¿Estuviste con una mujer?

—¡Primo! No mames... ¿qué no sabes la diferencia entre el periodismo serio y un blog de porquería? Por supuesto que yo no...

—No, prima, va de nuevo: ¡estuviste con una mujer, punto! Y te gustó. ¿Tienes la menor idea de cuánto se dispara tu nivel de «objeto de deseo» entre los hombres con eso? No confirmes, pero no lo niegues. ¿Y te gustó besarla?

—¿De qué estás hablando? Seré muy liberal y abierta, pero yo nunca...

Para entonces Rebeca ya había entendido. Este Rockfather, fuera quien fuera, tenía toda la razón: tenían que construir a una nueva Gía aún más valiente y sexual, aspiracional para las mujeres, el premio más grande que cualquier hombre pudiera desear. El plan de todos servía al bien común.

—Tu primo tiene toda la razón, Gía —intervino Rebeca sin dejarla terminar—. Es tiempo de ir aún más lejos. Ya tienes el concepto del programa, y a tu audiencia en la mano; es un nuevo mundo, donde nadie es cien por ciento heterosexual...

—Ninguna mujer —interrumpió el Rockfather—. Los hombres sí...

—Sí, sí. Okey. Es hora de jugar con esa ambigüedad, con esos deseos que todas tenemos de experimentar, pero a los que no nos atrevemos; para eso estará tu programa. Yo me encargo de que ese sea el mensaje que le llegue a la gente, tú de los contenidos. Y así podrás, realmente y con credibilidad, dar consejos más extremos y atinados acerca de...

—...lo que los hombres pensamos. —El Rockfather cerró la frase emocionado—. Sí, Rebeca, tú encárgate de que esa Anastasia...

—...ese...

—Eso. Que ese Anastasia tenga poco de lo que queremos construir aquí.

Gía nada más los miraba con los brazos cruzados y una expresión indescifrable, pero después de un rato de escuchar a estos dos no pudo más:

—¿Ya acabaron?, porque creo que olvidan que están hablando de mi vida personal, y esa no está a la venta.

—Ay, hermosa —respondió Rebeca, sonriente y con paciencia—, claro que está a la venta, así que más te vale venderla tú antes de que alguien más haga una fortuna con ella.

Ya un tanto desesperada, tal vez porque sabía que no había muchos argumentos contra la lógica de Rebeca, Gía volteó a ver a su adorado primo en busca de auxilio, pero lo que obtuvo fue un:

—Gía, sabes que tiene razón. Yo te voy a cuidar pero, hermosa, hay que jugar el juego si quieres seguir ganando.

—Estoy completamente de acuerdo —dijo una cuarta voz desde la puerta.

Por supuesto que era Rodrigo: ya parecía tradición en este ridículo lugar que todo mundo se enterara de todo. Gía tembló, pero solo los dos hombres se dieron cuenta; ella nunca se imaginó en semejante situación.

—Por lo que veo llegué justo a tiempo, antes de que se fraguara el plan —dijo Rodrigo.

—¿Quién dice «fraguar», Rodrigo? —contestó Gía de malas—. Suenas a película mala de gánsteres.

—El plan de medios, señor —agregó Rebeca.

—El plan de vida —añadió el Rockfather tomando de la mano a su prima y dejando muy claro dónde estaba su principal compromiso.

—Me parece muy excitante —dijo cínico el empresario—. ¿Puedo jugar?

Todos se miraron unos a otros: ¿desde cuándo Rodrigo pedía permiso? Solo una persona en la habitación podía dar una respuesta cierta.

Gía se desenmarañó del Rockfather, a quien todavía abrazaba, y le lanzó una mirada cargada de advertencia a Rebeca. Volteó y de nuevo vio a Rodrigo a los ojos, a los labios ya no; no desde entonces. Evocó a su gran aliada en la vida, eso que llamaba su «bipolaridad radiofónica», que la podía hacer actuar como las grandes ante cualquier hecatombe que amenazara tumbarla.

—Claro que puedes jugar, Rodrigo, a fin de cuentas esta es tu cancha, pero que no se te olvide que el balón es mío. Está bien, señores y señorita, las apuestas están cerradas: vamos por todo.

Al aire

—¿Entonces qué te dijo exactamente, Leslie?

Ya era de noche, ¿y qué mejor momento que ese para poner en práctica el nuevo experimento social que Gía había acordado con esos tres chiflados? Claro, para ellos era muy fácil hablar, pero la precisión de la palabra exacta le tocaba a ella. Se acomodó para escuchar a Leslie, quien al parecer pasaba por un extraño momento con su novio.

—Me dijo que no consideraba una infidelidad lo que pasó entre nosotras; que me amaba y que la próxima vez lo invitara.

—¿No te parece muy interesante el hecho de que aunque tuviste sexo con tu mejor amiga, todo se trata de él? —preguntó Gía.

—Bueno, ni modo que le reclamara eso después de lo que hice, Gía. No lo quiero perder, y lo que pasó con ella pues solo pasó. Ya sé que no debió ser, pero habíamos tomado mucho y...

—Y por primera vez te diste permiso de ser honesta contigo misma y con tus deseos, Leslie —contestó—, porque toda mujer que se respeta, en algún momento de su vida ha experimentado o al menos considerado probar algo diferente, dígase otra mujer en este caso.

—¿A ti te ha pasado, Gía?

Caray, esto parecía demasiado fácil, solo era cuestión de escoger las llamadas correctas. La sonrisa del Rockfather al otro lado del cristal lo decía todo: este era el momento de insinuar cualquier cosa sin confirmar nada. Gía soltó una risita de complicidad, de esas que decían «ven a jugar»:

—Yo soy la definición misma de una mujer que se respeta, Leslie —dijo, e hizo una pausa dramática para dejar que sus palabras lograran el efecto deseado—. Pero no estamos hablando de mí ni de mi tiempo libre. Dime, ¿qué habría hecho tu novio si le hubieras confesado que a quien besaste en realidad era a tu mejor amigo y no amiga?

—No, pues va y lo mata; literalmente lo mata.

—Pero estaba fascinado con la idea de tu amiga, ¿verdad?

—Pues sí.

—Esto es lo que tienes que hacer: nunca más puede volver a ocurrir. Si lo que quieres es ser lesbiana de clóset, vete con alguien a quien no vayas a llevar a cenar a tu casa, por favor, porque ya veo ese triángulo dándose y al día siguiente nadie se podrá ver a los ojos, y luego empezarás con celos de ellos dos: ya te veo alucinando que la desea más que a ti. Y le vas a acabar reclamando a él, cuando tú fuiste la que empezó. No, hay que ser demasiado evolucionado para intentar eso y evidentemente tú estás más del lado del eslabón perdido.

—Oye, Gía, no se vale que...

—Además eso es algo tuyo y de ella, ¿a él quién lo invitó a la fiesta? Dile a tu novio que fue un experimento, pero que aunque te gustó, estabas pensando en él todo el tiempo; asegúrale que si volviera a pasar, que nunca será el caso, sería el primer invitado a las gradas, y si se portara realmente bien, tal vez podría participar un poco, pero lástima, porque por ahora prefieres concentrarte solo en él. Y la próxima vez que hagan el amor, recuérdaselo. Créeme, tal vez suene muy primario pero si las estadísticas no mienten, tu chavo será uno de esos hombres que te lo agrade-cerán. Ya sé que estamos buscando entender cómo es que ellos piensan, pero la verdad es que en ciertos niveles no piensan, ha-cen. Déjalo hacer, aunque sea en el plano de fantasía: descríbele el cuerpo de tu amiga y cuéntale cómo lo tocaste. Con eso lo tendrás fascinado por un buen rato, y luego...

—¿Sí, Gía? ¡Dime!

—Ya te prendió la idea, ¿verdad, hermosa? Tal vez no esté mal que también aproveches todo este capítulo para pensar seriamente con quién de los dos de verdad te quieres seguir acostando. Suerte, Leslie, y te recomiendo un baño de agua muy fría antes de dormir.

—Uffff. Ay, Gía…

—Sí, uffff, ay, Leslie… Buenas noches, muñeca.

Dejando en un estado de absoluta alteración sexual a su radioescucha (y por lo tanto, a los niveles de audiencia tan arriba como todos querían) Gía mandó a corte y se puso a revisar cuáles eran los siguientes temas por tratar. Después de la larga velada con Bobbie, Alejandro y los *fuckbuddies,* estaba segura de que sabía qué camino tomar con sus proyectos.

Ya no quería ser «propiedad» de Rodrigo y sin embargo existía ese contrato que la ponía bajo su control legal si quería trabajar en los medios. ¡Qué trabajar en los medios!, si rompía el acuerdo, con suerte podría usar su propio nombre sin riesgo de ser demandada. Pero en el fondo ese no era el verdadero control que la alteraba: era aquella especie de síndrome de Estocolmo que le provocaba ese hombre. Con toda su mente arañaba por liberarse mientras sabía que nada en este mundo la haría moverse de donde lo pudiera ver y oler; valiente consejera.

Todos parecían estar de acuerdo en que había que subirle el tono al programa y eso a Gía no le molestaba, era una persona muy sexual y no veía la diferencia entre vender el concepto del «sexo» frente al de la belleza o el del poder, claro, mientras que una cosa no anulara a las otras. Pero en este momento, después de su tarde con Rebeca y Rodrigo, se sentía utilizada por otros y eso era imperdonable. La única forma de liberarse de su yugo actual era sacar su zona de poder del control de Rodrigo, comenzar a hacer lo suyo donde él no tuviera autoridad; por ejemplo en la red, presentaciones personales, libros. No podía seguir siendo propiedad de alguien, pero para lograr eso, Gía no debía distraerse de lo que hacía mejor: animal de radio sería hasta el día en que muriera.

—Regresando tenemos al «capitán de barco» en la línea; nos pide que no usemos su nombre porque ahora trabaja para Disney y, pues… ejem… el sadomasoquismo va contra la política de la empresa —le informó Bobbie—. Ah, y dice Rodrigo que si puedes pasar a su oficina saliendo del programa.

Con la última frase el tono de voz del productor se traicionó y subió tres octavas. ¿Estaría emocionado por Gía? ¿Asustado ante la eterna posibilidad de perder su chamba? ¿Celoso de que no sería él quien estuviera a solas con ese magnífico trozo de intensa carne masculina en la madrugada? Qué más, el mensaje estaba dado y Gía no manifestó otra reacción que asentir con la cabeza mientras estudiaba los datos de su siguiente entrevistado.

—Entonces le diremos «Stephano» al capitán. ¿Es muy pronunciado su acento italiano? Okey, entonces no le podemos cambiar la nacionalidad, pero dile que no se preocupe, el mágico mundo del que nos va a platicar tiene más que ver con cuerdas, látigos y autoflagelo que con orejas de ratón.

—¿Me llamaste, Rodrigo? Ya es tarde, ¿tienes insomnio, falta de vida propia o es por puro gusto que tu nuevo hábito sea hacer estas juntas en la madrugada?

El tono de Gía era juguetón pero muy controlado. No iba a permitir que le pasara de nuevo; de hecho no pensaba pasar del marco de la puerta, donde en este momento se encontraba recargada con una aparente tranquilidad que era digna de aplauso. Rodrigo la recorrió completa con la mirada y le lanzó una de esas imperdonables sonrisas.

—Nunca es demasiado tarde para pasearse por Vibra FM —contestó sarcástico pero de buen humor—. Nunca se sabe con qué cosas uno se va a topar.

Mientras le decía esto, no había duda alguna de lo que pasaba por su cabeza, y lo peor es que no era el único. Antes de que la acabara de desnudar con sus pensamientos, Gía aplicó la resistencia necesaria.

—Oye, eso me recuerda, Rodrigo, ¿por qué ponerle a todo un corporativo un nombre que remite al autoerotismo? Si ya estábamos en eso, ¿no tendríamos más *rating* con «Radio Dildo»? Mira que ahí sí podríamos complacer con una canción...

Rodrigo solo la miró, y como si no hubiera escuchado nada, prosiguió:

—Gía, bonita, te solicité que vinieras porque quería pedirte perdón. ¿Quieres? —le dijo ofreciéndole un poco de whisky—. Es Taketsuru, acaba de ganar el premio al mejor en su categoría en el mundo pero todavía tengo mis dudas, es japonés y la verdad es que eso no me da mucha confianza. Los irlandeses, por otro lado…

—Rodrigo —lo interrumpió—. Ya me quiero ir a dormir. ¿En qué puedo ayudarte?

—Sí. Te decía, discúlpame por favor por no saber transmitirte lo importante que eres para la empresa y para mí en particular.

«Aquí vamos de nuevo», pensó Gía al tiempo que dirigía su mirada al techo con exasperación plagada de secreta excitación.

—¿Qué necesitas que haga ahora, Rodrigo?

—Que entiendas lo que vales para mí. Y que te sientes —dijo apuntando al cadáver de rinoceronte—, te quiero explicar algo.

Muy a su pesar Gía hizo lo que le pedía, pero toda su actitud gritaba con firmeza «aquí no se juega». Rodrigo tomó clara nota de ello y prosiguió:

—Después de tu programa del martes quiero que me acompañes a tomar unos *drinks* con Saúl Cortínez. No, Gía, prometo pararle a la guerra psicológica si tú haces lo mismo, pero el tipo te adora y es mucho más probable que las cosas salgan mejor si está concentrado en ti a la hora de cerrar el trato.

—¡Rodrigo!

—Ja. ¿Cómo crees, Gía? ¿Quién se quedó con ese sentido del humor que antes te hacía tan encantadora? —le dijo mientras él mismo devoraba su escote.

—¿Es estrictamente necesaria mi presencia?

La pregunta de Gía tenía un registro por completo empresarial pero inconscientemente irguió la espalda, haciendo su escote todavía más pronunciado e impresionante.

—Sí lo es.

—Bueno, entonces que todo sea por proteger a esta empresa en tiempos previos a la repartición de presupuestos y concesiones.

—Así es, Gía; solo por eso. (Le asomó un brillo salvaje en los ojos.) No hay ningún otro motivo para verte fuera de horas de trabajo. (Estómago apretado, las piernas más.) Aunque son, de hecho, horas de trabajo.

—De hecho —contestó Gía, pensando rápidamente.

«¿Por qué me traiciona así mi propio cuerpo? ¿Por qué estoy lista para que brinque encima, me haga lo que quiera, como quiera, y luego me mande a casa con la cola entre las patas? ¿Por qué carajos me quiere destruir mi propio subconsciente?».

De un solo salto Gía ya estaba de regreso en la puerta, cubierta por completo por su largo abrigo de piel negra que tapaba hasta lo que no tenía.

—Te veo entonces, pues.

La razón, a diferencia de su cuerpo, aún no la traicionaba del todo. Sabía que lo que los hombres quieren en muchas ocasiones es que les digan que no: cuando dices que sí repetidamente, entonces no hay manera de que seas apreciada por ellos. Era el consejo que le hubiera dado a cualquiera de sus radioescuchas y el que se daba con firmeza a sí misma en ese momento. Salió intacta… casi, de esta batalla, sabiendo que continuaría; pero con todo, al salir de la zona de peligro se permitió una sonrisa irónica y un tanto orgullosa.

Lo había logrado, ella no era Gíanella Dinora Escalante por nada.

CINCO
LA CAMARITA

1:15 A.M. BAR DEL HOTEL W, CIUDAD DE MÉXICO

—¿Entonces por qué te llamas Gíanella Dinora Escalante? ¿Es un nombre italiano? —preguntó Saúl Cortínez sin molestarse en esconder el hecho de que se la estaba comiendo viva con la mirada otra vez.

Gía hizo un gran esfuerzo por no voltear a ver el reloj del celular. ¿Dónde estaba Rodrigo? El grandísimo cabrón no le dijo que era una cita personal con este figurín de la política. No es que lo extrañara, de hecho quería matarlo, pero la situación se iba poniendo más incómoda con cada minuto que pasaba. Trató de regresar el tema a su misión.

—Eso no es lo interesante, Saúl. Cuéntame qué piensan hacer cuando lleguen a la Presidencia. Creo que tienen una gran oportunidad de realizar cosas importantes para ayudar a…

No pudo acabar la frase porque en ese momento un *flash* los sorprendió: un *paparazzo*, claro. Fue solo un instante, pero a Gía no se le escapó el detalle de que en ese preciso momento Saúl ponía la mano sobre su rodilla en un acto que sabía a posesión y no a afecto; le fue bastante fácil, considerando el tamaño de su minivestido rojo con un hombro descubierto.

«Para eso estos se pintan solos», pensó y se prometió que a la próxima reunión de «trabajo» llegaría con suéter holgado y pantalón pata de elefante, para que ni los tobillos se le vieran. En realidad no importaban las motivaciones de Saúl, porque de todos modos ya se imaginaba el encabezado en las revistas: «Gía engaña a su novio con poderoso político». Y además casado, por supuesto; qué hueva más infinita. ¿Dónde carajos estaba Rodrigo?

—No te preocupes, Gía. Ahorita arreglo esto —le dijo Saúl como si leyera su mente mientras hacía una señal a uno de sus escoltas para luego murmurarle algo al oído, momento que Gía aprovechó para revisar su teléfono.

Mensaje de Rodrigo: «Se me hizo un poco tarde, hermosa, ve trabajando al compadre y yo les caigo en un rato. Pide un *Möet* o algo de mi parte. ¡Salud!».

¿«Salud»? Pues sí, más le valía seguir bebiendo, porque de no ser así, esta noche iba a ser insoportable.

Gía tardó más en hacerle una señal al mesero para que les trajera champaña, que el elemento del equipo de seguridad de Saúl en regresar a la salita donde estaban sentados; con él venía, arrastrado de un delgado brazo, un hombre bastante desaliñado, con pelo largo pero calvo de media cabeza; a su espalda colgaban tres diferentes tipos de cámaras, con lentes angulares tan enormes que parecían un perfecto homenaje involuntario a la inseguridad masculina. El reportero gráfico era presa de una extraña mezcla de emociones que podían ser descritas como entre «aterrorizado» y «desafiante».

—¿Qué piensas hacer con esa foto, hermano?

—¿Qué foto? —Bastante descarada la respuesta para un hombre con tres aparatos profesionales colgando de su cuello.

—Con la foto que acabas de tomarme con la dama. ¿No te enseñaron a respetar a las mujeres? Por lo visto no, pero me imagino que por estos sí sientes algo —dijo Saúl, sacando varios billetes de quinientos pesos de su cartera.

El *paparazzo* no hizo el menor movimiento para tomar el dinero, mientras que el equipo de Saúl cerró filas para mantenerlo rodeado de manera amenazante.

—¿Me estás diciendo que me topé al único espécimen de tu calaña con escrúpulos? Qué molesto; verdaderamente fuera de serie. Qué pena, de verdad, ¿no lo creen, señores?

Con esa alusión velada, uno de los guaruras del político se permitió mostrar la pistola que llevaba colgada debajo del saco; solo un pequeño destello del metal y el reportero aparentaba temblar como xoloescuintle asustado. Sabía con quién estaba lidiando aquí y lo que este personaje podía hacer con absoluta impunidad, pero había límites: a fin de cuentas, el hombre fuerte que era su patrón aún no estaba sentado en el trono.

Era de admirar el temple del fotógrafo: ni lo imposible de la situación fue suficiente para que diera muestra alguna de ceder a la amenaza. Si con esa determinación el hombre hubiera decidido ser reportero de guerra, por ejemplo, seguramente ya tendría un Pulitzer, con todo y su terror, pero cualquiera sabe tarde o temprano que un tabloide acaba pagando bastante más.

Gía contemplaba la escena con fascinación y horror, no podía creer lo que vivía. «A este tipo no le importa parecer una mala caricatura de sí mismo», pensó acerca de Saúl al notar que nadie hacía el menor esfuerzo por detenerlo, por interferir; tenía que intentar algo, porque si no, de esta nadie saldría bien librado.

Por suerte, en ese preciso momento llegó el distraído mesero con champaña Veuve Clicquot dentro de un Globalight, el enfriador de la espumosa bebida más pretencioso, llamativo e innecesario del mundo: por un momento la luz rosa casi neón del extraño recipiente elíptico distrajo la atención de todos, generándole al fotógrafo la oportunidad de escapar con todo y cámaras; Gía tomó la copa que le acababa de servir uno de los elementos de Saúl y le dio un buen trago, cruzó la mirada con el alterado hombre y le dijo suavemente:

—Por favor no lo hagas. —Volteó a ver a su acompañante—: Saúl, sabes que este señor solo está haciendo su trabajo, pero creo que entenderá que la fotografía que tomó no es lo que parece ser. Y pienso que, ¿cómo te llamas…?

—René.

—…pienso que René me va a creer cuando le diga que si en este momento me entrega las tarjetas con esas fotos, yo prometo avisarle cuándo y dónde voy a estar, con mi novio, haciendo cosas que sí vale la pena retratar para la revista que te esté pagando mejor. ¿Te parece bien, eh… René?

—Me parece interesante —contestó el tipo, titubeante pero ya calculado.

—Sabía que nos entenderíamos, guapo —le respondió Gía con un tono entre seductor y tierno a la vez que estiraba la mano para entregarle una tarjeta con los datos de Rebeca—. Solo tienes que hablarle a esta mujer y ella se va a encargar de darte la información de dónde y cuándo me podrás encontrar con Alejandro.

Pasó un segundo en el que todos se quedaron paralizados, el brillo rosa del recipiente de la bebida se reflejaba en el extraño círculo que se había formado. Gía pudo ver cómo el fotógrafo tomó una decisión, giró para mostrarle la imagen en una de las cámaras y enseguida extrajo la tarjeta y se la entregó en la mano. Todos se relajaron; los guardaespaldas volvieron a cubrir las armas y Saúl se reclinó en la silla con una gran sonrisa. René, entonces, volteó a ver la tarjeta que Gía le había dado.

—¡Pero si esta es la misma señora que me dijo que ibas a estar aquí, Gía!

Silencio total: aplastante. Cada quien sacó su propia conclusión. El fotógrafo reconoció que esa era su señal para escapar.

—Bueno... paso a retirarme. Espero que tengan una encantadora noche y no hagan nada que yo pudiera vender. Mañana le hablo de nuevo a la tal Rebeca. ¡Noches!

Con eso salió casi corriendo del lugar, perdiéndose en la oscuridad de las calles de la colonia Polanco, hacia el nuevo centro comercial recién inaugurado y tan de moda; la «mejor amiga» de una protagonista de telenovela le había pasado el tip de que iba a estar allí, cenando con el productor en plan... pues no precisamente profesional. Esas fotos se las pelearían varias revistas también, considerando que ella tenía veintiún años y él cincuenta y dos, casado y con tres hijos.

La mente de Gía giraba a toda velocidad mientras Saúl, completamente quitado de la pena, supervisó el descorche de la siguiente botella y con un elaborado movimiento le sirvió de nuevo a Gía. Ella aceptó la copa con aire ausente y se la terminó casi de... ¿se puede aplicar el «hidalgo» con bebidas francesas carísimas? Bueno, como se le llame, Gía se la aventó de un trago y ni siquiera se fijó en la sonrisa de Saúl cuando se la rellenó con satisfacción.

¿Rebeca le había dicho al *paparazzo* dónde estaría? Se sentía muy mareada, ¿pero era por la información o por la bebida? ¿La traicionaba su publirrelacionista o esta era su idea de incrementar la notoriedad de Gía por conducto de los medios? ¿Rodrigo era parte del plan? ¿Dónde carajos estaba el guapísimo orangután? Casi ni escuchaba las palabras que Saúl seguía emitiendo mientras ella daba respuestas automáticas aleatorias. ¿Por qué se sentía así, qué no llevaba solo dos copas? ¿O eran tres? ¿Se tomó algo antes de este infernal invento espumoso de Francia? Podía ser, recordaba vagamente uno, ¿o eran dos cosmopolitans? «Con el mejor vodka de la casa», exigió Saúl. ¿Otra vez tenía la mano sobre su rodilla? ¿Más arriba?

Gía trató de concentrarse en su misión, ¿cuál era? Ah, sí, algo así de dinero para la estación, intercambios, presupuestos, tecnología... todo lo que le explicó Rodrigo. No podía concentrarse. Y por cierto, ¿dónde estaba ese...? Abrió la boca con toda la intención de mencionar algo acerca de la Secretaría de Turismo, pero lo que salió fue:

—El baño está en las escaleras, ¿verdad? Bueno, arriba de... ahorita vuelvo.

Subió como pudo al segundo piso, donde se encerró en el más grande de los cubículos, puso el pasador a su espalda y aun así se recargó contra la puerta, buscando el equilibrio. Cuando salió se quedó viendo al espejo, tratando de reconocerse; su rostro parecía acercarse y alejarse como si se burlara de ella, anunciándole que no tenía, literalmente, la menor perspectiva ni idea de quién era en realidad. Ni siquiera en sus momentos de mayor claridad, en los más sobrios, podía evitar observarse por horas y horas, intentando identificar a la persona que tenía enfrente. Ahora lo hacía con más razón: tenía que encontrarse y rápido. No le dejaba de sorprender que los demás la advirtieran de forma tan clara y contundente cuando ella misma necesitaba estudiarse por horas para recordar que no era una figura amorfa, fuera de foco, como personaje de película de Woody Allen.

Este definitivamente no era uno de sus momentos más lúcidos y no solo porque se tenía que detener de la pared para no girar con el cuarto; de su bolsa Hermès logró sacar el celular y con una sola tecla marcó el teléfono del Rockfather. ¿De verdad había tomado tanto con un hombre en el que no confiaba? No, no como para sentirse así. ¿Le habría puesto algo en la bebida el muy cretino?

—¡Prima! Estoy a punto de empezar la tocada. ¿Qué haces, loquita? Lánzate para acá.

—Yo... no me siento bien. Creo que me bebí algo que... no está Rodrigo, y yo quería... No sé qué hacer. Le prometí que lo ayudaría y por mí no... queda... ¿Qué... qué me queda, primo?

No había que explicarle más al Rockfather.

—¿Dónde estás, Gía? Voy por ti.

Pero ella ya no podía contestar. ¿Cómo lo iba a hacer con el teléfono en lo más profundo del inodoro? Cosas que pasan cuando uno menos lo imagina. Por supuesto que no se iba a echar un clavado ahí para rescatarlo (ni que fuera personaje de *Trainspotting*) y salió del lugar con una nueva misión: obtener ayuda, cualquier clase de ayuda. Un par de mujeres la detuvieron para pedirle su autógrafo y unas fotos; en absoluto estado de trance, Gía logró regalarles esa enorme sonrisa que tanto enloquecía a los fotógrafos, firmar, posar y seguir adelante. El *show,* hasta en las malas, debe continuar. ¿Qué buscaba? Ah, ayuda. No sabía cómo es que había bajado ya las escaleras pero de pronto el mundo entero se le iluminó: se olvidó de su celular y apareció esa imperiosa necesidad de llegar a casa, de alejarse de allí. Entre un mar de extrañas luces se topó con una visión:

—¡Rodrigo! ¿Dónde estabas, Rodrigo? —le dijo al hombre de oscuro pelo rizado que la esperaba, y se arrojó a sus brazos con un alivio y pasión que por un momento sorprendió a todos los presentes. Era como si todos los hombres del mundo hubieran llegado a rescatarla: era el Rockfather; era su propio padre, a quien no volvió a ver desde que era muy pequeña; era su hombre, su macho alfa, al que nunca admitiría que necesitaba. Era una situación tan difuminada que de pronto sintió un alivio brutal. Evidentemente esto no era real y ya estaba en su casa, en su cama y todo se trataba de un sueño; solo había olvidado cómo llegó hasta allá.

Un elevador.

Una habitación enorme.

Un *jacuzzi* que se llenaba de manera prometedora —qué buen sueño—, desde el cual podía ver toda la ciudad.

Unas manos que la ayudaban.

¿Qué era esa luz roja? ¿Una cámara?

—¿Jefe? —preguntó confundida.

—Aquí estoy, Gía —contestó una voz profunda.

Ya no estaba segura de nada más excepto de que debía cerrar los ojos en ese preciso instante; cuando despertara todo iba a estar de maravilla. Comenzó a sentirse muy bien. Gía soltó el cuerpo: no era la primera vez que soñaba que Rodrigo se apoderaba de ella, la tomaba por completo, y en su excitación absoluta, le cedía el control.

Gía era una mujer profundamente sexual, con secretos extraordinarios que en realidad volverían loco a cualquier hombre en quien confiara lo suficiente como para revelárselos. Ese día no había llegado todavía, pero en sus sueños, como este…

—Jefe, agárrame del pelo: jálalo muy duro, úsalo para controlarme; eso me excita tanto…

—Lo que tú digas, hermosa Gía —contestó la voz profunda, igual de excitada—; ¿pero podrías dejar de llamarme jefe?

¿Qué? ¿Quién? Y con esa desconcertante y aterradora frase, Gía perdió al fin el conocimiento por completo.

AL DÍA SIGUIENTE

Gía poseía una tendencia a enfrentar sus demonios exorcizando otros similares al aire, así que la temática de las llamadas del día, según le había planteado —en realidad ordenado— a Bobbie, serían las obsesiones y los problemas provocados por esas cosas que hacemos frente a una cámara. (Bravo, Gía.)

Era impresionante la cantidad de cosas que la gente tenía que contar, y de las que arrepentirse a la vez. Lo que Gía no podía entender, pero a la vez agradecía, era ese espíritu exhibicionista que llevaba a estas mujeres a hacer básicamente lo mismo que las había metido en broncas para empezar, solo que ahora, en lugar de una cámara que las expusiera, lo harían las frecuencias radiofónicas.

Por ahora, acababa de cerrar una llamada con Manola, una chavita que decidió tener cibersexo por primera vez con su novio por medio de la *webcam* de su computadora, solo para descubrir que la había *hackeado* un compañero y ahora era la producción más vista de su secundaria. Lo peor, según la adolescente, es que lo hizo así por seguridad: no quería perder a su chavo, pero por supuesto que no se trataba de perder la virginidad real (la virtual era otra historia) todavía. Después de aventarse un largo tratado acerca de la inutilidad del himen, Gía cerró con un discurso que sonaba sospechosamente similar a su diálogo interno.

—A veces sentimos la desesperada necesidad de que un espejo o una cámara reafirme nuestra existencia. No es solo vanidad lo que hace que nos veamos de modo constante, es esa urgencia de que algo o alguien nos confirme nuestra propia sensualidad o incluso a nosotras mismas. Y ahí está el peligro, porque aunque entiendo la delicia de volver a visitar ciertos momentos, cuando nos grabamos en el acto creamos un testimonio de las situaciones que menos queremos que salgan a la luz. Y señoritas, tomen esto como una certeza: si lo graban o lo filman, alguien lo verá, tal vez quien menos nos convenga.

Entre más hablaba, Gía se daba cuenta de que estaba siendo peligrosa y descarada, sobre todo porque no tenía idea de qué había pasado anoche. Pequeños fragmentos de lo ocurrido se asomaban a su mente y se desvanecían como llegaban, exactamente igual que las pesadillas que uno quiere recuperar para poder decirse a sí mismo que aquello no era cierto. Diciendo esas cosas al aire, haciendo este programa temático, Gía no sabía si se curaba en salud o se metía en nuevos problemas.

Aunque estaba al tanto de que era la más propensa a padecer la «enfermedad de la camarita» de la que tanto hablaba, se preparó para lo que seguía, por lo menos en el programa en ese momento.

—En la línea tenemos ahora a Daniela; Daniela no es su verdadero nombre pero esta sí es su verdadera historia. Adelante, hermosa.

—Sí, Gía. Pues te cuento: llegué a la Ciudad de México desde Sinaloa. Allá todos me decían que estaba demasiado guapa como para no irme a la ciudad; que si quería ser modelo o actriz tenía que estar aquí y hacer *castings*.

—En la oficina de algún productor, me imagino.

—No creas, Gía; digo, sí los hay, los muy descarados que te dicen directo que si quieres la chamba les entregues las nalgas, pero a esos se les agradece la honestidad, para hablar con la verdad.

«Bueno», pensó Gía, «al menos esta es más cabrona y menos víctima, eso se agradece de vez en cuando». De pronto, casi tan deslumbrante como una luz de estroboscopio, un recuerdo de anoche la asaltó de nuevo: agua, burbujas y mucho placer, gemidos; esa pequeña luz roja; y luego...

—No, Gía: a los que habría que matar es a los otros tipos de hombres con poder, a esos que te miran a los ojos y te dicen que te aman, a los que te hacen sentir protegida por primera vez en la vida, a esos que te hacen amarlos de regreso y luego te parten en mil pedazos. Habría que recogerlos a todos en un camión de redilas y meterlos a un campo de concentración hasta que aprendan que no se juega con los sentimientos de una mujer.

—Estás un poco... eh, lastimada, ¿no, Daniela?

—Ya no, Gía. Si pude sobrevivir al salir del metro Chapultepec con mi mamá, que había venido a visitarme, y encontrarme con un *videohome* porno que yo protagonizaba sin saberlo, ¡y sin cobrar un centavo!, ya nada me duele. Ya nada me importa.

—Eso lo dudo mucho, Daniela. Confiabas en él, ¿verdad?

—Profundamente.

—Ni el hecho de que tuviera esposa te pudo disuadir.

—Dijo que la iba a dejar, y…

—Ajá.

—Ajá. Ya lo sé, no soy la idiota de aquellos días; tenía dieciséis años. Ahora ya no le creo a nadie.

Su nuevo celular vibraba. Pobre Bobbie, tuvo menos de doce horas para conseguirle otro con todo y su lista de contactos y agenda sincronizados después del gran naufragio en el retrete; de hecho, era lo último que Gía recordaba con claridad de esa noche. El mensaje era, por supuesto, del Rockfather, quien prácticamente había enloquecido por no encontrarla.

Cuando Gía abrió el ojo en su departamento a la mañana siguiente (¿cómo demonios había llegado ahí?) lo primero que vio fue a su primo sentado en el borde de la cama con cara de rottweiler poseído y listo para aventarle el discurso de la vida («Gía, quiero que te diviertas, que seas una cabrona y que triunfes, pero no puedes perder el control de esa manera si no estoy para cuidarte»), pero al ver la asustada mirada de su primita algo cambió y decidió simplemente apapacharla como un enorme oso de peluche enfundado en cuero.

El texto de su primo solo decía esto: «Lo único que detiene a cualquier hombre de presumir a quien se cogió, es el amor». Así de sencillo. Así de cursi, viniendo del supuestamente más rudo conocedor de la mente masculina. «¿Se callaría Rodrigo?», pensó Gía (qué pregunta más cargada) y de pronto, como si la golpearan en el estómago, tuvo que enfrentar la posibilidad: «¿Y si anoche no era Rodrigo en ese *jacuzzi*?».

—Mira, Daniela —procedió Gía como si todo el sistema emocional no se le estuviera cayendo en pedazos—, es claro que te metiste con el tipo equivocado, lo bueno es que tienes los tamaños para admitir que fue un error y la fuerza para no quedarte tirada en la cama. Pero es bastante patético que culpes a todo el género masculino por lo que te hizo un productor: hay ingenieros, empresarios, artistas, estudiantes y hasta *ninis* que te pueden satisfacer en lo sexual, y aunque no lo creas, hasta amorosamente también. Así que por tu propio bien, ellos no me importan, pero no los culpes a todos. Como dice Billy Joel, sí hay «hombres inocentes» todavía.

—¿En serio?

Buena pregunta. Enseguida Gía pensó en Alejandro; el pobre y extraordinario Alejandro.

—Claro que los hay. Que no nos interesen ya es bronca nuestra y de nuestro psicoanalista. Buenas noches.

Con ello cerró el micrófono, concluyendo el programa y soñando poder hacer lo mismo con su devastado cerebro.

¿Qué demonios —y con quién— había pasado ayer la noche?

SEIS

CONTROL

6:00 A.M. RECÁMARA DE GÍA

Gía ni siquiera había abierto el ojo cuando su mano ya revoloteaba alrededor del tocador, buscando el teléfono que servía también como alarma: la prioridad era callar ese espantoso ruido. Sea cual sea la melodía que uno le programe a su celular, para el tercer amanecer el sonido queda registrado en el cerebro como ataque de primer nivel, ese que anuncia que uno tiene que abandonar el único lugar seguro de la Tierra, la cama, para adentrarse en el amenazante y agresivo universo de la asquerosa realidad.

Esa mañana, sin embargo, Gía estaba más que feliz de despedirse de la visita nocturna a su inconsciente; había demasiada información ahí dentro que ella desesperadamente quería mantener bajo llave y reprimida.

No era en absoluto buena idea no saber si un par de noches antes había tenido sexo… ¿con Rodrigo? ¿Con… (horror) Saúl? ¿Con los dos? ¿Con ninguno? Era verdaderamente una mala estrategia desconocer cómo proceder, pero no había mucho que pudiera hacer ahora al respecto. Sentía lo que su padre llamaba, en sus pocos momentos de lucidez, la «perdición inminente», pero Gía no imaginaba en qué formato le llegaría la terrible noticia que la aplastaría para siempre. ¿Una llamada telefónica? ¿Un correo electrónico? ¿Un recuerdo nada bienvenido que tuviera el atrevimiento de aparecer sin invitación en su cerebro? Si fuera cualquiera de esas cosas, al menos las podría controlar.

El problema era que de alguna manera ya intuía que algo estaba ocurriendo en lo que a información se refería durante la noche, mientras dormía: lo había hecho plácidamente gracias a una nada recomendable mezcla de sedantes (Stilnox), ansiolíticos (Rivotril-*of course*) y un buen trago de Dream Water, esas lindas botellitas blancas con cero calorías que la acababan convenciendo de que todo era una sana experiencia naturista.

Quien diga que la Ciudad de México e incluso Nueva York nunca duermen, se está engañando; traten de encontrar algo interesante —que no sea un antro gay— abierta la madrugada del martes. Pero las redes sociales son otra cosa: esas sí nunca paran, son completamente otro asunto. Ahí existen, se comunican e interactúan millones de seres, muchos de ellos sin quehacer, oficio ni beneficio. Gía tenía bastante claro el siguiente dato: si Facebook fuera un país, se supone que sería el tercero más poblado del planeta; no quería ni imaginar cuántos continentes llenaría Twitter (la empresa es más reservada con su información).

De pronto, todos esos personajes sin rostro frente a sus pantallas eran sus enemigos potenciales, y por algún motivo, lo dulce de la madrugada sacaba los instintos más sexuales pero también más depredadores de estos cibernautas; nada como amanecer temprano para ver qué vida, qué reputación se había hecho trizas durante la noche.

Con un suspiro de nostalgia por su padre y sus conocimientos, y tratando de dejar de lado las opiniones del Rockfather al respecto («¡¿Por qué no me dijiste a tiempo dónde estabas para que fuera por ti?!»), Gía por fin tomó el mentado teléfono sabiendo que le esperaba una de las experiencias menos gratas de su vida.

Si algo odiaba era perder el control; su imperio y su razón de ser dependían de nunca perderlo. Ahora había un secreto, que ni ella misma conocía bien, que podía hacer que todo eso cambiara. El único espacio del mundo que no hay forma de controlar es internet. Casi temblando con el conocimiento de lo que vendría a continuación, Gía tecleó la clave de su iPhone; enseguida la pantalla se llenó de recados de los que no había oído anunciar su presencia durante la noche. (Sí, fue tanto el Rivotril que se tomó.)

Rebeca, Alejandro, el Rockfather, un *fuckbuddy*, Rebeca de nuevo, Bobbie, Bobbie, Bobbie, tres números desconocidos... la pantalla estaba llena y ella ya no pensaba seguir averiguando quién más tenía tanta desesperación por contactarla de manera directa.

Mejor al meollo del asunto. Todos los que la buscaban guardarían su secreto por lealtad o, en ciertos casos, por terror a ser descabezados. Gía respiró profundo, se recargó en la cabecera de su cama y se dirigió al maldito pajarraco azul de mal agüero: lo que sabe Twitter, lo sabe el mundo.

#lasdoycomoGía

Con esas cuatro palabras juntas y la respiración prácticamente ausente, la locutora más controladora y exitosa de la radio mexicana supo que este día tendría que encarar la confrontación de su vida; tal vez no la sobreviviría, pero si se la iba a llevar la chingada, entonces debería verse como una pinche reina de primer orden cuando el carajo llegara por ella. Para eso había mucho que hacer: apagó sin más el teléfono, abrió las llaves de la regadera, y mientras el baño se llenaba de vapor, se puso a escoger el vestuario del día.

Pantalones mega *skinny* de piel con un *top* blanco aguado; sobre ellos aventó de cualquier modo su minichaqueta Chanel, su consentida de batalla. A la hora de asomarse al clóset titubeó; las opciones eran infinitas pero optó por el más clásico botín Charlotte, de piel negra con tacones dorados casi eternos. Para completar el *look,* una enorme bolsa *spy* de Fendi que su madre, en su eterna ignorancia, hubiera acusado de servir como pañalera. Qué lejos había llegado, caray; no iba a dejar que nadie la echara abajo. Remataba el perfecto *look* casual de «ni se te ocurra pensar en chingarme» su clásico collar largo de perlas, enredado exactamente en tres vueltas como se venía haciendo por generaciones; en otras familias, claro, pero por generaciones.

Sí, no era ropa sino vestuario y tenía que ser perfecto porque todo pintaba para que hoy tuviera que dar el más grande *show* de su vida. Todavía no conocía el libreto, no sabía los detalles que ese *hashtag* en Twitter encubría, pero era prácticamente la madrugada y esto apenas estaba empezando. A ponerse hermosa y comenzar el control de daños: ya habría tiempo para horrorizarse por todo lo demás. Cuando nadie la viera.

7:30 A.M. RESTAURANTE EL CARDENAL, ALAMEDA CENTRAL

Rebeca llegó lo más rápido que pudo; tuvo que cancelar un desayuno importante, pero esto estaba demasiado bueno. Al cruzar la curva del *valet parking* del hotel Sheraton, ¿o era Hilton ahora?, donde estaba el restaurante, se obligó a ajustar su sonrisa (que le había brotado entre las carcajadas desde que se asomó a Twitter esa mañana) a una mueca de preocupación, mucho más apropiada para poder manejar el estado de ánimo que sin duda se cargaría Gía.

¿Y qué otra cosa podía esperar hoy de ella sino un humor digno de una villana de telenovela convencional? No podían ignorar el hecho de que el tema más recurrente de internet fuera una foto, una silueta en realidad, que parecía ser Gía teniendo sexo con algún desconocido; lo que Rebeca daría por saber quién era. No, no estaba fácil manejar el asunto ni siquiera para «la reina del sindicato de todas las hijas de la chingada», como le gustaba pensar cariñosa al referirse en privado a su clienta. Porque sí, aunque nadie lo creyera, Rebeca realmente quería a la muy soberbia princesa, y también la odiaba; en Hollywood la llamaría su *frienemy*, su mejor «eneamiga».

Bueno, siendo honesta, «querer» quizá no era el término adecuado, para ello Rebeca tendría que ser capaz de amar a alguien más que a sí misma, pero «respeto» sí le tenía a la mujer y eso era mucho más difícil y valioso que un «querer» cualquiera. Los que aman siempre saldrán con el corazón roto, era cierto en la vida y mucho más en este negocio; Rebeca no tenía tiempo para esas cosas.

Entendía a la perfección por qué había sido citada, más bien convocada, a verse con ella en el lugar de moda de todos los políticos y hombres fuertes del país; en eso ambas mujeres pensaban igual. Actúa como si no tuvieras nada que esconder y nadie va a pensar que sí lo tienes.

La enorme sonrisa de Gía definitivamente detuvo por un instante a Rebeca, quien ya estaba lista para aventarse el discurso de «todo va a estar bien, pero solo si me cuentas tal cual lo que pasó». No esperaba ver a la locutora tan tranquila, ecuánime, bella y en apariencia feliz, saludando a políticos y empresarios por igual. ¿Qué no sabía en la que estaba metida esta perfecta, en verdad perfecta loca?

—Siéntate, Rebeca, ¿qué quieres desayunar? Solo fruta y café sin crema, ¿verdad? —dijo Gía mientras hacía señales a un mesero; llegaron tres y cada uno fue despachado con alguna instrucción antes de que Rebeca pudiera admitir que prefería algo más sustancioso, quizás unos chilaquiles.

—Mira, Gía, sé que hoy no es…

—No, Rebeca, tú me vas a escuchar a mí: saca tu libreta, cierra esa perfecta boquita roja y apunta.

—Eh…

—Apunta, hermosa: necesito tener hoy la posibilidad de aparecer en el noticiario de Canal 2 si la situación se nos sale de control. Tú no te preocupes, a ellos también les han *hackeado* su cuenta de Twitter y saben perfectamente la pesadilla que es que usurpen tu identidad. Espero no tener que llegar a ese extremo, pero hay que estar listas ante cualquier contingencia.

—¿Usurparon tu identidad, Gía?

—Necesito que mandes un boletín de prensa anunciando que en el programa de esta noche vamos a tratar el tema de fraudes cibernéticos con connotaciones sexuales. Tengo que hablar con Paris Hilton o con Kim Kardashian, y por favor consigue un buen traductor…

—¡¿Con quién?!

—Por el amor de Dios, mujer, deja de hacer como si no fueras egresada ¿o expulsada? de Hollywood; sé a quién tienes en tu agenda y lo que puedes lograr. Esto no se queda a nivel de revista local, lo vamos a reventar nosotras mismas.

—¿Gía, te inventaste un videoescándalo para promover el programa? ¿No crees que eso es llegar un poco lejos con el plan que teníamos, amor?

Gía cerró los ojos por un momento; lo que era horror, Rebeca tendría que interpretarlo como exasperación. La verdad era que de pronto el pánico sí asaltaba a Gía, sobre todo de imaginar que pudo haber estado con Rodrigo y no saberlo. Por irónico… no, por enfermo que eso fuera, la alteraba mucho más que la idea de una posible violación por parte del otro tipejo; fijó de nuevo su famosa mirada en su publirrelacionista.

—Aquí no hay videoescándalo, ¿me entendiste? ¿O acaso logras distinguir algo en esa imagen? Aquí lo que hay es un criminal cibernético que *hackeó* el teléfono de Alejandro, mi novio, y ahora está tratando de lucrar con mi vida privada. No lo vamos a consentir, ¿o acaso lo permitieron Paris y Kim?

—Hicieron millones vendiendo el video.

—¿Pero admitieron que ellas eran la casa productora?

—Jamás.

—¿Y qué le pasó a la actricita de telenovelas mexicanas a la que le hicieron lo mismo? ¿O a la cantante pop?

—No, pues nada, una revista tuvo que sacar triple tiraje esa semana; se hincharon de lana, pero a ellas se las fregaron.

—¿Nos vamos entendiendo acerca de quién pienso ser en esta historia, Rebeca?

—Sin duda alguna, jefa.

—Muy bien, pues. Ni una palabra que yo no autorice... puedes irte a darle.

La fruta ni siquiera había llegado.

—Ah, y... Rebeca...

—¿Sí, Gía?

—Me vuelvo a enterar de que le das información de mi vida a la prensa sin consultarlo conmigo primero, y te aseguro que no volverás a conseguir trabajo ni de asistente de ejecutivo de medio pelo en una televisora de provincia. ¿Me estoy explicando?

Por un instante Rebeca consideró sus opciones: su deseo era reaccionar, atacar; su instinto de supervivencia le permitió reconsiderar, pausar. En ese momento fue salvada por la llegada de un sonriente Alejandro que estaba allí para desayunar con su hermosa novia. Se detuvo en cuatro mesas a saludar antes de alcanzarlas, y para entonces Rebeca ya tenía más que claro su plan de acción, aunque no es que hubiera tenido alternativa.

—Te explicas perfectamente, Gía. Buenos días, Alejandro. Me voy, viene un día de mucho trabajo.

Se apuró para alejarse de allí mientras Gía se encargaba de que todos en el repleto lugar vieran la felicidad con que abrazaba y le plantaba un beso lleno de alegría a su novio. «Qué hermosa pareja», pensó más de una; «¿Quién es ese pendejo?», pensaron muchos. «Pendejo», para los hombres, siempre es el que tiene lo que ellos más desean. Si tan solo supieran.

9:15 A.M. OFICINA DE ANASTASIA

Bueno, decirle «oficina» era un poco extremo, considerando que era un pequeño cuarto en el garaje de la casa de sus papás; a sus veintiocho años, Anastasia simplemente no encontraba el tiempo para abandonar el nido y en su línea de trabajo no tenía ninguna necesidad de pagar una renta.

Comoquiera que fuera, «Anastasia, la Reina de la Red» era la persona más excitada y poderosa en el mundo de la farándula nacional en ese momento; había llegado a sus manos «la de ocho». Qué risa le daba que aún se usara ese término para describir una nota impactante; era de los tiempos de esos lindos dinosaurios llamados periódicos, que todavía medían la importancia de una nota por columnas.

No, en estos días el peso de una nota se medía por el número de entradas a la página de internet, y esta tenía el potencial para romper todos los récords: se trataba de un video, oscuro sin duda, donde una mujer que podría ser o no Gía Dinora Escalante daba una actuación que cualquier estrella porno pagaría por usar como instructivo.

Había mucho que decidir. Por ejemplo, ¿debía dosificar la información, o quemarla toda en una gloriosa llamada? ¿Valía la pena soltar un par de borrosas imágenes a la revista de chismes más grande del país? No solo le darían una lana, sino que prepararía el camino para cuando decidiera soltar el video completo en su blog, aunque pensándolo bien, eso significaría que ellos se llevarían la primicia. No, no lo podría soportar.

En lo que decidía, tenía que esperar a que llegara su comadre, diseñador y *hacker* de confianza para hacer un par de cosas: la primera era confirmar la veracidad del video que le había llegado por conducto de unos de sus contactos más confiables en los círculos políticos. «Sin ellos —las comadritas envidiosas, la industria de la seguridad privada, los meseros y los *valet parking*—, no habría negocio», pensó. La segunda era trabajar la imagen para estar completamente seguro de que ahí, en ese festín de burbujas y gemidos, era Gía la que se revolcaba de placer con un hombre todavía no identificado. ¿Quién sería? Lo único que alcanzaba a distinguir era su cabello oscuro y rizado.

Una vez con los pelos de la burra en la mano, lo primero que Anastasia debía hacer era llegar a algún tipo de acuerdo con Rebeca; siempre era posible que estuviera dispuesta a intercambiar algo más valioso por la supresión del video, pero con el valor de esta mercancía eso no parecía posible. Rebeca y Gía no tenían claro qué tanto sabía él y esta era una invaluable moneda de cambio. Además, la gente siempre estaba más que dispuesta a pensar lo peor de los famosos; todos coincidían en que a cambio de la fama, habían renunciado a cualquier derecho que la humanidad otorgara a los suyos. Con una siniestra sonrisa, Anastasia se acomodó sus característicos lentes dorados; la vida era muy buena en días como este, y apenas estaba comenzando.

11:00 A.M. OFICINA DE RODRIGO

Rodrigo llegó hasta su escritorio sin la menor intención de quitarse los lentes oscuros. ¿Conque así se sentía estar en el trabajo a estas miserables horas de la madrugada? Aún no acababa de quitarse el saco cuando sonó su celular: otro WhatsApp. No pudo evitar sonreír: generalmente era él quien iniciaba las comunicaciones, resultaba bastante obvio que la mujer tenía que estar muy desesperada para escribirle con tal urgencia.

Se aseguró de abrir el mensaje solo para que Gía viera dos palomitas al lado de él; ahora ella sabía que lo había leído.

«Es urgente que hablemos, Rodrigo. Márcame.»

Se preguntó qué estaría pasando por la cabeza de esa completa loquita y esperó unos segundos más para estar del todo convencido de que en algún lugar de la ciudad ella podía ver que el mensaje superior de la pantalla de su *cel* decía: «En línea».

Su táctica lo hizo esperar unos cuantos instantes antes de empezar a escribir cualquier tontería, la cual procedió a borrar casi enseguida; no tenía importancia, él sabía que lo que Gía estaba leyendo era: «Escribiendo».

Pasarían dos o hasta tres minutos en los que ella —cualquier mujer, de hecho— estaría pegada a la pantalla esperando la respuesta. Esta no llegaría, por supuesto, pero pasaría un tortuoso rato más durante el cual pensaría que la contestación estaba en camino, perdida en un desconocido y extraño marasmo de las telecomunicaciones.

Entonces, después de un buen rato al fin comprendería: Rodrigo había leído su desesperado mensaje y no tenía la más mínima intención de contestar, al menos no en este momento. Las mujeres creen que los hombres no están conscientes de la locura que puede desatar un juego de estrategia bien planeado, con mensajes de texto en lugar de piezas de ajedrez.

Por supuesto que lo saben; por lo menos los hombres como Rodrigo, cuya mente afilada y calculadora no dejaba pasar ni un detalle. Claro, muchos solo ven el recado, sonríen y piensan: «Al rato contesto», mientras continúan con cualquier cosa que estén haciendo, pero él no: nunca hacía o dejaba de hacer nada al azar. Una de las características más peligrosas de Rodrigo era que, como las mujeres, tenía plena capacidad para atender muchas cosas a la vez sin perder la concentración. Eso sacaba de la competencia a casi cualquier contrincante.

Y claro que tenía una idea de lo que quería Gía. Por algo llegaba a esta absurda hora a su oficina; sabía del escándalo que se avecinaba. Su asistente Marielena le había avisado que tenía varios mensajes extraños: de Saúl; de un bloguero con un nombre ridículo; de la misma Gía; bueno, hasta de su propio padre, preguntándole qué estaba pasando. Allí fue cuando prestó atención. Podía oler la sangre en el agua, pero no iba a compartir información con nadie hasta averiguar por completo qué ocurría exactamente. En esta cacería solo había lugar para un tiburón.

1:25 P.M. STARBUCKS DE CAMPOS ELÍSEOS POLANCO, CIUDAD DE MÉXICO

Bobbie, Arnie y James se miraban consternados uno al otro, esperando que Gía por fin soltara el teléfono para explicarles cuál era el plan de contingencia. Por supuesto todos tenían Twitter, y para esa hora de la tarde uno debería vivir en Marte para no estar al tanto de que el tema más popular de la red social era «la jefa» y lo que había decidido hacer con su trasero. Malditos *trending topics.*

Los *fuckbuddies* se veían bastante intrigados. No era posible que el chisme que estaba por soltarse se tratara de ellos, ¿verdad? Evidentemente de sus dulces boquitas no podía salir ni esbozo de sus aventuras con Gía, ya sabían lo suficiente para conocer las consecuencias; pero si la información venía de otro lado, pues ya ni qué hacerle. Serían héroes en la universidad, aunque la verdad preferían convertirse en los salvadores y así conseguir beneficios inimaginables. Por el momento, sin embargo, Gía no había siquiera posado su mirada en ellos, y se tomaban sus respectivos Caramel Macciato casi sincronizados como si fuera la última bebida del universo.

Bobbie, por su parte, solo movía la cabeza de un lado a otro mientras pensaba: «¿Por qué será que estos bugas no pueden guardar un buen acostón en secreto ni para salvar sus vidas?». Cierto, si Bobbie contara todo lo que sabía de sus compañeros y amigos del arcoíris, se vendrían abajo varias empresas y dos o tres imperios políticos, ¿pero por qué hacer algo que te pueden hacer a ti? Simple regla de supervivencia.

Los heterosexuales, niños o niñas por igual, por lo visto no aprendían nada. Por otro lado sentía ganas de salir y matar a quien fuera que le estaba haciendo esto a Gía, y tenía una idea bastante clara de por dónde empezar, solo necesitaba que «la jefa» dejara el mentado teléfono de porquería y le diera luz verde aunque eso no iba a pasar por un buen rato. ¿Otro Caramel Macciato, primores?

—¿De verdad no hay nada que se pueda hacer para bloquear el *hashtag* en Twitter? Sí, ya sé que esa misma pregunta te la hizo un candidato presidencial hace poco, pero lo que decían de él sí era cierto, esto no. ¿Te lo encargo? Muchas gracias, ya verás que valdrá la pena.

Los tres abrieron la boca al mismo tiempo para tratar de hablar con Gía, pero con un solo dedo los silenció; ya había otra llamada en espera.

—¿Quién habla? No, nunca contesto llamadas de números desconocidos. ¿Cómo consiguieron este teléfono? No. No. Ajá. Escuchen el programa hoy si quieren cualquier otra declaración.

Sin duda otra revista de chismes. Imposible evadirlas por completo, con esos conmutadores cuyos números aparecían bloqueados en el identificador de llamadas; se veían exactamente igual que cuando entraba una llamada del...

—¡Primo! Carajo, tienes que cambiar de teléfono: ¿sabes cuántas veces he contestado pensando que eres tú, y son esos desgraciados? ¿Podrías dejar de reírte, cabrón? ¿Por qué estás orgulloso de mí? Yo no hice nada; por lo menos eso creo. Gracias, yo también te amo. *Bye.*

Nuevo intento del equipo de producción por comunicarse: otro fracaso. Estas batallas siempre las ganaría el teléfono.

—Rebeca, ¿hablaste con el tal Anastasia? ¿Qué quiere, dinero? Ah, ahora resulta que es pura integridad periodística lo que lo motiva. Dile que se puede ir al carajo, que no soy yo en esa pinche foto. ¿Qué? Pues solo lo sé y ya. Hablamos al rato.

Esta vez era la misma Gía la que estaba marcando, y por su expresión la respuesta del otro lado era el sonido más ofensivo de cuantos pudiera haber: un buzón de voz. NADIE mandaba una llamada de Gía al buzón de voz.

—Rodrigo, esto ya es ridículo. Sé que estás perfectamente consciente de lo que sucede hoy. No quiero que te arrepientas de mis acciones, así que si tienes el más mínimo interés de enterarte de cuáles van a ser, te sugiero que te comuniques en cuanto escuches esto. Adiós. Soy Gía, por supuesto.

Al fin Gía se molestó en mirar a los tres aturdidos hombres que ya sufrían una sobredosis de cafeína, azúcar y nervios. Con una sonrisa despampanante, como si nada de lo que preocupaba a todos tuviera la menor importancia, se recargó en el incómodo sofá y dijo:

—Muy bien, señores, esto es justo lo que vamos a hacer...

3:00 P.M. OFICINA DE MUJERES UNIDAS, S.C. COLONIA JUÁREZ

—Por eso creo que deberíamos aprovechar esta injusticia que estoy viviendo para apoyar a otras mujeres que sufren abuso sexual en las redes sociales. No me importa ser el rostro de la campaña si con eso puedo ayudar a otras, aunque la consecuencia sea que la gente crea que lo que dicen de mí es verdad. Es un sacrificio que estoy dispuesta a hacer.

Gía bajó modesta la cabeza y clavó la mirada en el piso. Su discurso había generado tal cual la reacción que esperaba: aplausos y ruidos de empatía. Ellas eran unas catorce y todas se apretaban en la pequeña habitación después de ser convocadas casi de emergencia para esta junta espontánea con la mujer a la que habían perseguido por meses.

Rebeca estaba sentada en una silla de metal en una esquina, viendo el espectáculo. «¿Quién les dijo a las feministas que tenían que vivir entre tanto tiliche? ¿Qué, el feng shui está peleado con la equidad de género?», pensaba. A pesar de lo incómoda que se encontraba, no podía dejar de sentir admiración por la estrategia de Gía.

Cuando le pidió que organizara esta junta, la publirrelacionista casi se cae de la impresión. En la habitación se hallaban algunas de las activistas con más influencia en el país; eran las mismas mujeres que pegaron el grito en el cielo cuando Gía hizo esos famosos programas alabando los beneficios del sometimiento sexual. «¿Qué mensaje daba respecto a la mujer?», prácticamente le gritaron a Rebeca e incluso amenazaron con organizar un boicot entre los anunciantes más importantes de su horario.

Pues bien, ahora las linchadoras se habían vuelto las mejores amigas, un coro griego que siguió con expresiones y emociones cada detalle de la narración de Gía; se maravillaron con su valor de querer salir a contar su historia al mundo para que a otras mujeres no les pasara lo mismo.

—Sí —admitió Gía, controlando la humedad de sus ojos—, cometimos un terrible error cuando mi novio y yo decidimos grabarnos haciendo el amor; jamás imaginamos que ese acto de ternura y entrega sería robado y utilizado para tratar de extorsionarnos.

No podían creerlo cuando ella les contó cómo recibió esa llamada en la que una voz —de un hombre, por supuesto—, le dijo que si no empezaba a apoyar al candidato conservador en su programa de radio, esos videos saldrían a la luz donde y cuando menos lo esperara.

El tono político fue un golpe maestro que Gía y Rebeca decidieron añadir casi al final. Todas estas mujeres estaban afiliadas al partido de izquierda y como tal la ofensa no sería solo de género sino de subsistencia (hasta las ONG necesitan un presupuesto que las mantenga); ese fue el detalle que cambió todo. Si les hubiera dicho que los extorsionadores solo querían dinero, entonces la indignación no habría pegado tan fuerte y no tendría un ejército de enardecidas hembras listas para contraatacar a la primera señal.

Y vaya que sabían cómo hacerlo: pocos minutos habían pasado y ya tomaban turnos entre consolar a Gía y trabajar en los teléfonos y las redes sociales. Pobre del medio de comunicación formal que publicara una sola de esas fotos: tendrían a varios sindicatos, comenzando por el de electricistas, bloqueando sus puertas por semanas. Sería necesario llamar a los granaderos; habría confrontaciones y tal vez hasta heridos. Pobre también del que respondiera en Twitter al tema, enseguida le caería un ejército de *trolls* viciosos listos para acabar incluso con el deseo de tener una computadora.

Sí, estas mujeres sabían lo que estaban haciendo, y ahora con Gía —su nueva mejor amiga— de su lado, podrían lograr mucho más en materia política. Todo sea por la equidad de género.

4:50 P.M. OFICINA DE ALEJANDRO MÁRQUEZ

—Solo déjame ver si te entiendo bien, Gía —dijo Alejandro por teléfono mientras se recargaba en su enorme sillón al tiempo que hablaba con su novia—. ¿Nos robaron un video en el que tú y yo estábamos...? ¿Y cuándo grabaste eso? ¿Era una sorpresa para nuestro aniversario?

Ahora sí se había pasado Gía y los dos lo sabían; Alejandro estaba enamorado pero no era pendejo. Por supuesto que quería creerle a su mujer, ¿pero entonces cómo podía explicarse la imagen que tenía en el monitor frente a él? Su asistente le había mandado, entre los pendientes del día, una dirección de internet que «debía revisar». De pronto se encontró ante un blog de chismes que jamás hubiera llamado su atención de no ser por el titular principal:

El sucio secreto de Gía

Era ella: no podía tratarse de nadie más. Aunque la foto estaba oscura y *pixeleada*, nadie conocía la silueta desnuda de Gía mejor que Alejandro. Y para el caso también conocía la suya propia, por lo que estaba seguro de que no era él quien la acompañaba en esa tina, ¿o era *jacuzzi*? Cerró los ojos con dolor y recargó la cabeza en el asiento, sosteniendo aún el teléfono.

—Mira, Gía, yo soy todo oídos y cuentas conmigo, ¿pero no me quieres convencer de que hice algo que nunca viví, verdad?

Alejandro no era un hombre que usara la ironía como herramienta de vida, de hecho era una de las cosas que por lo general no sabía cómo manejar de Gía, pero en este momento la frustración pudo más que el hábito.

—Creo que hubiera sido mejor que me dijeras que no eres tú en esa foto. Que te *photoshopearon*; ya ves que esa es la respuesta de moda para todo... ¿En serio? ¿Eso es lo que crees que pasó? Está bien, Gía, déjame pensar un rato. Yo te marco más tarde. Sí... yo también... te quiero.

5:45 P.M. CONSULTORIO MÉDICO, COLONIA POLANCO

—Gía, si solo te paras por aquí cuando tienes emergencias o insomnio, no hay mucho que pueda hacer por ti. Pero dime, ¿qué es lo que pasa que es tan urgente?

Gía miró a su psicoanalista, el maravilloso Alberto, a quien había abandonado hacía meses después de una sesión particularmente difícil: ¿qué condenada necesidad tenía de hacerla recordar a su papá? No se suponía que superara nada porque desde muy pequeña aceptó que aunque su padre era brillante, simplemente nunca iba a estar ahí para ella; nunca. Y lo demostró cuando optó por dejar de permanecer en este mundo cuando ella contaba ocho años.

A Gía no le pareció en absoluto la sugerencia de Alberto de que esa era la razón por la que se la pasaba rodeada de hombres; no tenía nada que compensar. Solo que hoy Alejandro le había dicho que tenía que pensar y prácticamente le colgó el teléfono. El Rockfather no dejaba de reír y de felicitarla; ¿por qué?, ni ella sabía. Y Rodrigo… Rodrigo, con quien podría o no haber hecho el amor hacía dos noches, ni siquiera le estaba tomando las llamadas.

Gía volteó a mirar a Alberto y por primera vez en mucho tiempo no lo observó como un expendio de ansiolíticos o pastillas para dormir: vio compasión en sus ojos y un evidente interés en ayudarla. Está bien, le tendría que pagar por la ayuda pero por lo menos, así como los hombres con las prostitutas, las reglas estaban más que claras desde un principio, aquí nadie saldría engañado. Por suerte, Alberto no era de la escuela ortodoxa de los cincuenta minutos y fuera; Gía comenzó a hablar, y no paró por dos horas.

7:50 P.M. ASIENTO TRASERO DEL AUTO DE GÍA

Horas con el psiquiatra. Qué irresponsabilidad, cuando lo que debía hacer era estar manejando una crisis; ni modo. A ver cómo iba la cosa, y mientras su chofer conducía, ella se asomó a su iPad con un toque de terror pero eso sí, con un impulso desenfadado. Gía no huía de las situaciones difíciles.

Tres temas peleaban por el primer lugar; dos tenían que ver con ella. Se concentró a modo de defensa en el que no.

#congresojurásico

Pues sí, algunos políticos pasaban por peores problemas que ella, sobre todo los que se quedaron sin su hueso.

#lasdoycomoGía

Maldita sea... ¿eso seguía allí? No quería ni meterse a ver qué decían, aunque sabía que lo haría. Pero primero la tercera... la que se encontraba en primer lugar, de hecho:

#todassomosGía

¡Benditas feministas recalcitrantes! ¡Lo estaban logrando!

Con la certeza de que al menos su plan de acción y el resto de la contención de daños que hacía Rebeca funcionaban, Gía se permitió pensar en lo que debía resolver personalmente en los próximos minutos para ser fuerte y terminar con esto. Tenía algunas cosas que decir y básicamente se resumían en esto:

«Rockfather: te amo. Pero se te olvida, grandísimo cabrón, que yo no soy una estrella de rock, soy una mujer, líder de opinión. Deja de divertirte con el hecho de que hay un escándalo sexual con mi nombre. No es *cool*».

«Alejandro: de verdad te amo. Perdóname: todo lo he hecho mal contigo y eres perfecto. Hay que empezar de nuevo».

«Rebeca: puedes pasar directamente a chingar a tu reputa madre». (No lo diría, pero qué rico siquiera pensarlo.)

«Rodrigo: ¡¿podrías decirme, por favor, qué demonios pasó esa noche?! ¿Estuviste ahí siquiera?».

Si todos y cada uno de esos planteamientos derivaban en la respuesta que buscaba, entonces todo, tal vez, iba a estar bien.

7:55 P.M. OFICINA DE ANASTASIA

Anastasia poseía la vergonzosa tendencia a ponerse colorado cuando estaba feliz, apenado, emocionado, pero sobre todo enojado: ahora no cabía mejor término que el rojo volcánico para describir el tono que se cargaba, y era de pura furia. ¿Qué es lo que había salido mal? ¿Cómo era posible que su gran exclusiva ya fuera un enorme «fraude» si ni siquiera lanzaba aún el video completo y «arreglado» a la red?

Volteó a ver de nuevo el tema más popular en Twitter, #todassomosGía, y volvió a sentir cómo la bilis se apoderaba de todo su cuerpo. ¿Ahora resultaba que la muy puta era la heroína de las mujeres agredidas del mundo? Miró su reloj: si soltaba el video en este momento, todavía alcanzaba el cierre de las revistas y los periódicos que tuvieran el valor de publicarlo, pero por otro lado, la muy cabrona tendría tiempo para preparar su contraataque al aire.

Sabía de las amenazas contra quien lo difundiera, ¿pero qué le iban a hacer a él? ¿Bloquear el acceso a casa de sus papás? ¿Quitarle a sus anunciantes por «malo»? Le pagaban más por su maldad; sabían que se traducía en más vistas de la página y por tanto de sus productos. Como cualquier terrorista, podía planear su ataque desde cualquier punto del mundo, solo necesitaba algo de WiFi y mucha motivación, y ahora sí estaba motivado; más que eso. Volteó a ver el video nuevamente y tomó una decisión. «Paciencia, Anastasia», pensó, «solo suelta la parte en la que se ve Gía.» Cuando el mundo se enterara de quién él creía que la acompañaba, entonces sí se iban a soltar los demonios. Poco a poco; el gusto le tenía que durar unos días más.

8:30 P.M. OFICINA DE GÍA

Todos estaban alrededor de la pantalla donde se veían los siete segundos del video que Anastasia acababa de subir a la red. En realidad no se podía distinguir demasiado, pero sí lo suficiente como para que «no soy yo», pensara aliviado Arnie; «no soy yo», pensara triste James. «No es Alejandro», pensó impactado Bobbie. Estoica, Gía los miró como si los retara a decir algo; se acomodó el cabello aún perfectamente alaciado, como si no la hubiera acompañado en el día más estresante de su existencia.

—Señores, tenemos que hacer el mejor programa de nuestras vidas. Vamos a tener llamadas de mujeres que han pasado por esto; Rebeca ya amarró a Kim, pero abriremos con un mensaje oficial de Mujeres Unidas, lanzando formalmente la campaña en contra del acoso sexual por conducto de las redes sociales. Necesito muchas llamadas, mujeres, chavitas, todas a las que les haya pasado algo así…

—¿Algo así cómo, Gía? —se atrevió a preguntar Bobbie; tenía más miedo de no hacer bien lo que se le pedía que preguntar lo más incómodo.

—Qué bueno que preguntas. Algo así como esta injusticia, esta calumnia que sostienen contra mí. Porque esto le puede pasar a cualquier mujer inocente; no es aceptable que no hagamos algo por ayudarlas.

«Guau», pensaron todos aunque no dijeron nada más; corrieron a cumplir con sus encomiendas y así estar blindados por completo para el programa de las once de la noche. Entendían que luchaban por sus vidas, porque dependían única y espectacularmente de Gía.

8:50 P.M. OFICINA DE RODRIGO

Marielena, la asistente de Rodrigo, era la perfecta perra: así se refería la gente cuando hablaba de ella a sus espaldas, creyendo que no lo sabía; por supuesto que estaba al tanto, y le encantaba. Lo que la gente no piensa en realidad al criticar a las «perras» es que han cargado con esa reputación por proteger a los suyos. Marielena mataría por Rodrigo, a quien conocía desde que era adolescente y la sedujo cuando ella aún era joven y secretaria de su papá.

Claro, nada de eso ocurría ya en estos días. De hecho, Marielena estaba a cargo de manejar la compleja agenda del patrón, con todo y flores y regalos para las susodichas, y conocía todo lo que pasaba en su vida; bueno, casi todo. Viendo a Gía con su perfecta compostura, los brazos cruzados sobre su chaqueta de marca y el pie derecho golpeando con suavidad contra el piso, se dio cuenta de que tal vez no sabía nada acerca de lo que sucedía entre su jefe y la estrella del grupo.

Una «perra» reconoce a otra de su especie e incluso respeta su territorio cuando el instinto así se lo indica, pero había algo más aquí, algo inusual y sorprendente: a Marielena de verdad le caía bien Gía. No le tenía miedo como el resto de la gente, no necesitaba nada de ella y eso la ponía en una muy interesante posición, por eso la relación funcionaba tan bien desde hacía años. Pero ahora la absoluta y sospechosa calma de Gía disparó alarmas mentales que la asistente ejecutiva no sabía ni siquiera que existían.

—Mari, por favor. (¿Por favor? ¿En serio? ¡Sin precedentes!) Necesito saber dónde está Rodrigo en este momento.

«La perra» tomó una decisión; prefería evitar la mordida de Gía, porque definitivamente no estaba ladrando. Sacó un documento del escritorio y sin decir una palabra, llevándose el dedo índice a la boca, se lo entregó a Gía.

Memorándum

Confidencial

Se convoca a una junta de emergencia hoy a partir de las 21:00 hrs. a todo el comité ejecutivo para evaluar las consecuencias y repercusiones del posible comportamiento de una de nuestras personalidades. Se tomarán decisiones inmediatas e importantes respecto a la parrilla de programación y quienes la encabezan.

Cuento con su cooperación y discreción.

Atte. Rodrigo de la Torre
Presidente, Vibra FM

Conque así estaban las cosas; con una mirada de agradecimiento y un implícito compromiso de silencio, Gía dio media vuelta y salió de la oficina. Estaba sola. Irónicamente, después de superar el enorme golpe —como si hubiera sido físico— que experimentó en el pecho, se sintió mucho mejor.

Nada mejor que la certidumbre: Gía podía con cualquier cosa, siempre y cuando supiera contra qué peleaba. Y sí, la batalla iba a ser todavía más ruda de lo que imaginaba, porque el hombre que más deseaba en la vida era ahora, oficialmente, su enemigo.

9:35 P.M. OFICINA DE GÍA

—Flores, Gía, mira qué bonitas —le dijo James después de poner un delicado arreglo de Matsumoto sobre su escritorio. Flores desde Japón. Una tarjeta estaba atada con un moño al florero, que tenía el aspecto de haber costado más que un pequeño coche de lujo.

—También te llegó esto —concluyó el *fuckbuddy* dejando un delgado sobre marrón sobre su escritorio antes de salir de la oficina casi en reversa, sin querer darle la espalda.

Gía acababa de aprobar la escaleta del programa de la noche y estaba a punto de llamar al Rockfather para llenarse de ese valor que tanto necesitaba. Rodrigo y Alejandro seguían sin responder. De modo ausente tomó la tarjeta que venía con las flores.

Por noches como esa vale la pena estar vivo.
Sé fuerte, Gía.

Sin firma, por supuesto; la letra, irreconocible. El juego seguía. Gía abrió el sobre que James le dejó junto al arreglo. Nada probaba que una cosa viniera con la otra, pero al sacar de ahí un DVD, ya sabía exactamente lo que este contenía. Sin emitir un solo sonido, metió el disco a la computadora y esperó a que lo leyera la máquina; fueron segundos que se sintieron como un «para siempre», y es que según lo que viera allí era como su vida cambiaría. Por fin aparecieron las imágenes en la pantalla. No cabía la menor duda, era ella. En silencio, Gía continuó observando; nadie que pasara por ahí hubiera imaginado todo lo que sucedía en su cabeza, mucho menos cuando sacó el disco de la ranura, lo guardó en su bolsa y de un solo movimiento se levantó y caminó con seguridad digna de una reina. No tenía todas las respuestas todavía pero sí tenía claro lo que debía hacer y dictó sus instrucciones camino a la cabina.

—¿Bobbie? Comunícame ahora mismo con el jefe de gobierno de la ciudad.

10:00 P.M. AL AIRE

—Hola, soy Gía y hoy voy a decirles toda la verdad antes de que alguien más lo haga por mí. Sé bien que muchos de ustedes creen que soy perfecta y también que otros tantos me odian, pero me queda claro que no les soy indiferente y, la verdad, mientras me sigan escuchando eso es lo único que me importa.

»Tengo que contarles que mi primera copa de alcohol la probé a los siete años, una vez que ayudaba a mi mamá a limpiar la casa después de una fiesta. En vez de aventar lo que había sobrado al fregadero, me lo echaba para dentro; desde ese día no puedo dormir sin tomarme al menos dos copitas de algo, lo que sea. Me llamo Gía y soy alcohólica.

»Otra cosa que debo confesarles es que nadie que trabaje para mí puede estar en paz. No lo parece, ya lo sé, pero soy la auténtica Osama bin Laden de la radio mexicana. La gente dice que se muere por trabajar conmigo, pero cuando llegan aquí les genero tal síndrome de dependencia y ansiedad que creen que el mundo entero se va a acabar si me dejan; los neurotizo para alimentar mi propio ego, mi propia neurosis. Me llamo Gía y soy neurótica.

»No soy muy buena hija. Mi mamá se la pasa pidiéndome ayuda, pero pienso ¿por qué? Todo lo que tengo es mío; no es gracias sino a pesar de ella y de su mediocridad. No le debo nada. No… Prefiero gastármelo en una buena bolsa que en comprar su amor.

»Ah, y para rematar, soy adicta al sexo. Hay muchos estudios que dicen que los hombres piensan en sexo un mínimo de cincuenta y dos veces al día; eso es más de dos por hora. Pues yo pienso en ello cuando menos cuatro: sí, no pasan quince minutos sin que le esté quitando la ropa mentalmente a quien menos se lo espera. Y actúo en consecuencia… como ya se habrán enterado por los chismes de hoy».

Silencio. Esos instantes en los que Gía permitió que lo que había dicho provocara el efecto deseado, le dejaron ver la cara de todos al otro lado de la cabina: semejaba una convención de bocas abiertas, de mandíbulas en el piso; su equipo completo se encontraba allí y nadie podía creer la letanía de confesiones que acababan de escuchar. Gía vio a cada uno de ellos a los ojos y entonces sonrió cínica y hasta perversamente. ¿Creían que estaba derrotada, que este era un discurso de despedida? Todo lo contrario. Revisó su pantalla para ver las reacciones de la gente; los teléfonos no dejaban de repicar.

—Suena bien esto que acabo de decir, ¿verdad? ¿Es cierto o no? Nadie sabe. Hasta donde les consta, todo podría ser un extraño delirio de mi imaginación. Pero eso es lo último que importa, pues una vez que el chisme comienza a operar, la realidad es la primera víctima. Eso lo aprendí hoy cuando me di cuenta de que ahora yo iba a ser el blanco del nuevo ataque en el circuito de los rumores. Sí, tuve sexo con el hombre que amo. Sí, alguien se robó las imágenes de mi computadora personal. Y sí, alguien piensa lucrar mucho con mi vida privada a partir de la fama que tengo como consecuencia de años de trabajar para ustedes con cariño. Todo lo que dije al iniciar este programa puede o no ser verdad, ¡qué importa! Lo que sí me preocupa es pensar que hay mujeres, niñas en realidad, que viven este tipo de agresiones sexuales cibernéticas cada día de la vida. No lo podemos permitir; si me lo pueden hacer a mí, ¿quién las va a defender a ellas?

»Por eso decidimos lanzar una campaña llamada «Todas somos Gía». Ya somos decenas de personas trabajando para terminar con este abuso contra la mujer que se perpetra cada día más en nuestro país. Y me da mucho gusto anunciar que en la línea telefónica tenemos al jefe de gobierno de la ciudad, quien aceptó ser padrino y financiar este importante proyecto...

Mientras Gía hablaba con su nuevo aliado político, su propio celular enloqueció con la cantidad de mensajes que llegaban y llegaban: el Rockfather, su propia madre (llorando, por supuesto) y Rebeca mandándole una carita tras otra (la reina del emoticono). Los *fuckbuddies* se cansaron de entrar una y otra vez a la cabina con llamadas y llamadas apuntadas en papelitos cuadrados, todas de apoyo.

De pronto Gía lo vio: Rodrigo apareció al otro lado de la cabina como acostumbraba, de la nada, observando la escena con esa sardónica media sonrisa que tan bien le salía siempre. Le sostuvo la mirada y de pronto la sonrisa ya era auténtica; de admiración. ¿De cariño?

Había llegado el momento de mandar a corte y de pronto el silencio colectivo se centró en el duelo de miradas entre los dos.

Pero en esta ocasión Rodrigo no venía a aniquilar al enemigo: de hecho, con entusiasmo y en un movimiento absolutamente calculado, comenzó a aplaudir con lentitud; todos siguieron el ejemplo.

En ese momento Gía se levantó, casi como una gran actriz después de una magna función, aceptando de manera natural la ovación de pie que sabía merecía, pero primero se permitió echarle un ojo a las llamadas y a la pantalla de la computadora.

El tema más recurrente en Twitter había pasado durante la tarde de #lasdoycomoGía a #todassomosGía, pero ahora había otro que superaba por mucho a los demás; Gía no pudo evitar una gran sonrisa ante semejante señal de triunfo.

#Gíachingamos!

¿Tenía que decirse algo más?

SIETE

TODAS LAS CRUDAS DEL MUNDO

Al aire

A la noche siguiente, Gía estaba de nuevo en el programa. Todo operaba como si no hubiera ocurrido nada un día antes: el único remanente de la tormenta recién librada lo alcanzaba a sentir ligeramente en el cuerpo y era por haber bebido mucho, demasiado; al salir de la estación de radio todos se fueron, agotados por los acontecimientos del día, menos el Rockfather, quien ya la esperaba afuera con tres botellas de Jack Daniels y esa sonrisa diabólica que a tantas embaucara.

Cualquier persona normal se hubiera ido a dormir y por supuesto no miraría ni de lejos cualquier bebida más fuerte que el jugo de uva, pero Gía no era una persona normal y sabía que de todos modos nunca iba a poder dormir después de semejantes altibajos. «Además», pensó viendo al Rockfather, «esta sí es mi familia.»

Aunque primero muerta que admitirlo, si algo necesitaba de verdad era a alguien que la cuidara un rato, y no confiaba en nadie más en el mundo. «A darle un rato al frasco», pensó; a veces Gía se permitía pensar en un idioma tan masculino que se sorprendía a sí misma.

Ahora se miraba complacida, con orgullo de que nadie al verla supiera todo lo que había pasado. Su cabello estaba estrictamente recogido en un extraño chongo que solo incrementaba el tamaño de sus ojos; su *bodysuit* negro sin mangas contrastaba con los tacones enormes de plataforma, color menta, que muy pocas podían usar con esa naturalidad.

Al acercarse al micrófono para contestar la siguiente llamada, Gía era la encarnación perfecta del sueño erótico de cualquier *geek*. De cualquier hombre, de hecho; nadie que la viera dejaría de pensar que hoy podría ser la heroína ideal de alguna película de acción. Nada de esto era accidental: ahora había una cámara en la cabina que documentaba cada gesto, cada movimiento que ella hiciera.

Bobbie le avisó desde muy temprano que las instrucciones para esto venían desde la oficina de Rodrigo. No había más explicación de aquella decisión. «Hasta donde yo sé, este es capaz de tener una línea directa en su recámara para poder monitorearme mientras tiene a tres en la cama», pensó, y luego simplemente dejó ir la idea y decidió dar un extraordinario *show*. A fin de cuentas era una cámara apuntando hacia ella; ¿existía un mejor estado que ese en la vida?

—A ver, Lucía, ¿por qué sufres tanto hoy? —preguntó a su radioescucha con su habitual tono de ironía mezclado con (aparente) interés. Gía sería muy la imagen de la campaña en contra del abuso hacia las mujeres que estaba a punto de aparecer en espectaculares y parabuses por toda la ciudad, pero eso no significaba que hubiera dulcificado su tono de voz y mucho menos sus diatribas con las mujeres «débiles» que se ponían a merced de los hombres. No, ni se detuvo para considerar la ironía e incongruencia de su actitud; así eran las cosas y ya.

—Mira, Gía, sé que esto te va a sonar completamente ridículo, pero ayer salí con el hombre más increíble del planeta. No sé cómo pasó porque lo conocía, de lejos, de toda mi vida, pero ahí estábamos, ignorando por completo nuestra cena, hablando, hablando y hablando, y de pronto, no sé cómo ni por qué, nos quedamos callados, viéndonos: sentí cómo se me doblaba el estómago en dos. Fue lo más emocionante que me había pasado jamás.

—No has vivido mucho, ¿verdad, princesa?

—Sí. No; no sé. Pero nunca me pasó algo así antes. He salido con muchos hombres, pero nunca me había pegado el silencio incómodo. Y fue de lo más raro, porque cuando pedimos el postre yo ya sabía que me iba a besar; lo hizo, ligeramente, cuando me acompañó a mi coche. Y Gía, ayer la sonrisa no me la quitabas con nada, parecía idiota.

—¿Pero…?

—Pero hoy amanecí destrozada por completo. Hecha pedazos; no me quería salir de la cama. Llegué de un humor de los cincuenta mil perros al trabajo y todo mundo me acabó odiando, empezando por mí.

—Bienvenida al mundo del autosabotaje, Lucía. O como quien dice, ya valió para pura… no va a funcionar esa relación. Estás dañada, princesa: no crees que tienes derecho a ser feliz y vas a hacer todo lo posible para lograr el perfecto estado de amargura. Tal vez él no lo sepa todavía, pero se va a dar cuenta pronto y entonces te va a botar. Lo que sentiste al día siguiente era la cruda, porque todavía ni empieza la fiesta y ya estás sufriendo los efectos de su retirada.

Cualquiera podría pensar que alguien le debatiría a Gía su diagnóstico instantáneo, pero sonaba tan cierta, tan convencida, que de modo natural generaba la sensación de saber lo que decía; además, las radioescuchas siempre acababan dándole la razón.

—Es que sé que nada se va a volver a sentir así de bien en mi vida. Creo que a partir de aquí todo será cuesta abajo, y no sabes qué mal me pone.

—Y tienes razón. Dime, ¿cuántas relaciones sanas has tenido?

—¿Sanas?

—Sí, eso es lo que pensé. Creo que tienes que acostumbrarte a la sensación, hermosa, porque los hombres pueden oler esas cosas: saben con exactitud cuando en tu cabeza ya pensaste en cómo nombrar a los hijos, mientras ellos solo están pensando en llevarte a la cama. Si no te importara tanto, tendrías oportunidad, pero en lo que ocurre eso, haces bien en empezar a vivir tu cruda prematura. Al mal paso darle prisa, dirían muchos; yo también. Suerte, Lucía.

¡Estaba de regreso! Entre más abusaba verbalmente de la triste radioescucha, Gía podía sentir cómo el alma le volvía al cuerpo. Era lo que su padre llamaba «el amor ojete», una linda variante de «te pego porque te quiero».

Lo hacía para ayudarla, por supuesto; tal vez Lucía todavía estaba a tiempo de aprender a no tener tan altas las expectativas cuando nadie le había dado motivo para hacerlo, y si se encontraba más allá de la ayuda, entonces a alguien más le llegaría el mensaje. En ese momento apareció un mensaje del omnipresente Rockfather, siempre funcionando en lugar del subconsciente al que Gía tan convenientemente ignoraba.

«Buen consejo. Tienes razón, así lo vemos los hombres. ¿Vas a hacerte caso a ti misma?»

«Idiota», pensó Gía con cariño y ya hasta de buenas. Claro que sabía que su primo tenía razón, pero en este momento le era muy oportuno desconocer el tema porque se sentía bastante bien haber regresado al rumbo en su programa. De pronto todo parecía estar en foco de nuevo y no iba a perder el tiempo en un absurdo e inútil autoanálisis. Ella no necesitaba a Rodrigo: lo podía dejar en cualquier mom... ajá. Problemas; mejor ni pensarlo.

La verdad es que el concepto de «cruda de amor» le había despertado una idea que se iba desarrollando en un compartimiento aledaño en su cerebro mientras hablaba con «la mujer que se negaba el permiso de ser feliz». Volvió a profundizar su tono de voz, lo cual sabía que siempre llamaría la atención de los escuchas y dijo:

—«La cruda de amor» es algo mucho más difícil de superar que las crudas habituales. Sin la menor duda hay algunas que son físicas y se van con las horas, pero otras se convierten en heridas más profundas que nunca saldrán de nosotros. Ustedes saben bien que estoy pasando por un trance terrible en estos momentos, pero no por el hecho de que alguien haya invadido mi... mi privacidad, quiere decir que no esté pensando en cómo ayudarlas.

»La "cruda" no es más que la culpa que todos hemos mamado de alguna manera u otra de esta, nuestra tan generosa cultura judeocristiana. Es, básicamente, nuestro cuerpo o nuestro cerebro quejándose con amargura porque le retiramos la sustancia con que lo habíamos estado alimentando de manera artificial para engañarlo y hacerlo pensar que es feliz; pensémoslo un poco y tal vez así podremos sentirnos mejor en conjunto...

Era cierto lo que decía. Existen muchos más tipos de crudas que las clásicas de alcohol y cigarro; ese síndrome de abstinencia que se activa unos instantes después de que uno deja el estimulante en turno. Puede ser sexo, puede ser pasión, puede ser venganza. Siempre habrá algo».

Como ya era su costumbre, Gía daba grandes consejos que ella misma procedía a ignorar. Pero un instinto primario, el que la había llevado a hablar de «todas las crudas del mundo» esa noche, le advertía que cada uno de los miembros de su entorno pasaba por lo mismo: el inevitable vacío después de varios días llenos de emociones fuertes. Con esto en mente y llena de llamadas de mujeres listas para ser «latigueadas» por confesar sus demonios, Gía cerró el programa. Ahora le encantaría saber exactamente qué pasaba por la cabeza de todos los personajes de su vida, aquellos que la podrían destruir o encumbrar; amar o aniquilar. Jamás lo admitiría, ni siquiera a sí misma, pero Gía tenía más miedo de lo que ocurría en la mente de todos... el día después.

LA CRUDA DE ANASTASIA

«Furia» era una palabra bastante débil para describir lo que Anastasia sentía en ese momento. ¿Cómo era posible que esa mujer, quien simplemente se negaba a reconocer su poder e importancia, se saliera con la suya de esta manera? Sabía bien que si ahora subía completo el video de Gía, sería tomado como una agresión sexual en contra de todas las inocentes mujeres de los alrededores; advertía que le habían ganado la jugada y no lo podía creer, pero la partida todavía no terminaba y por supuesto quedaba mucho por hacer. Reflexionaba en todo esto mientras veía con intensidad la imagen de Gía en su cabina. Qué amables en la estación de ponerle esa cámara enfrente y así facilitarle el trabajo de espiar, monitorear, pues, a su sujeto en turno. Pero no era suficiente, ya que ahí estaba la delicada hija del mal, arreglada como protagonista de caricatura japonesa para adultos calenturientos, demostrando que nada le importunaba. ¿Cómo era eso posible?

Si Anastasia se molestara en revisar sus emociones, se habría dado cuenta de que lo que lo tenía tan mal era simple y pura envidia; así, a la antigüita. Era momento de hacer algo drástico al respecto. Tenía que generar olas si lo que quería era continuar narrando esa historia en su blog, y vaya que quería. Sabía bien que tenía varias armas secretas, entre ellas esta deliciosa joya: diversos reporteros de revistas y periódicos cobraban en su «nómina» y cumplían con dos simples funciones, una era pasarle la agenda de trabajo todos los días, sistemáticamente, para que no se le fuera nada de lo «oficial» que sucede en el mundo del espectáculo. Demasiado fácil: solo era cuestión de picar «reenviar» al correo electrónico que recibían todas las noches con sus instrucciones para el día siguiente.

La segunda era un poco más compleja, pero nada imposible: tenían la responsabilidad de mantener su agenda muy bien nutrida con los celulares privados de todos los personajes que podrían ser relevantes para él. Esto lo hacían tomando «prestado» el directorio de sus medios: allí estaban los dígitos secretos para encontrar directamente a los más interesantes deportistas, políticos y empresarios del país, y artistas, por supuesto. Anastasia cerró los ojos y decidió el mejor plan de acción. Fue sin más a su agenda electrónica y ahí encontró lo que buscaba: «Márquez, Alejandro. Móvil.»

No hay peor cruda que la que permanece después de un ataque de envidia, y se la tenía que quitar; solo era cuestión de apretar el botón. Unos instantes después, con una sonrisa de villano de cómic, lo tenía en la línea. Comenzó a hablar rápidamente.

La cruda de Alejandro

Alejandro Márquez colgó el teléfono y caminó a la ventana de su departamento, tratando de pensar; había pasado las peores cuarenta y ocho horas de su vida y este asunto solo se ponía peor. Era mucho más fácil engañarse a sí mismo con la protección de la idea de que nadie más sabía la verdad: si él y Gía querían inventar un mundo en el cual la realidad era manipulable por completo para satisfacer la finalidad de permanecer cómodamente juntos, eso estaba perfecto, pero esta llamada lo cambiaba todo.

¿Podía quedarse con su mujer, sabiendo que todos se reirían del inocente, pobre noviecito en cuestión de días? No era solo orgullo sino simple supervivencia. Su éxito en el ámbito empresarial requería que su figura fuera plenamente respetada; ese ya no sería el caso si no hacía algo respecto de esta ridícula situación.

El reportero, ese que le hablara, no dijo con quién estaba ella en el video; pero con la insinuación de que tenía mucha más evidencia que la que Alejandro había visto, consiguió que no le colgara a media frase. Le dio a entender que a cambio de que él anunciara su ruptura con Gía en su portal, en exclusiva, tal vez no publicaría lo que ahora parecía ser un auténtico largometraje triple equis. «¿Qué suena mejor, señor Márquez: que usted acabe con la princesa de hielo o que ella lo deje como el cornudo más rubio de los alrededores?»

Alejandro hubiera soltado una carcajada ante lo histriónico de semejante personaje, pero optó por escuchar; siempre es mejor saber qué pretende el enemigo. Y en efecto, cual villano de *Scooby Doo,* Anastasia habló de más justo cuando estaba a punto de obtener lo que quería, una cita con Alejandro para mostrarle el video.

«Usted no va a creer quién aparece en esta linda producción, pero es mejor para todos que no sea vista. Ese sí es un hombre peligroso.»

Daba lo mismo que Anastasia dijera: «Y todos mis planes macabros hubieran salido bien de no ser por esos malditos muchachos y su perro…». Era obvio que no podía mostrar el video por ahora; si así fuera no estaría aquí negociando pequeñeces, tratando de joder a Gía en el proceso, simplemente ya lo habría soltado. Ese era un alivio, pero solo momentáneo: por un lado no iba a poder vivir pensando que un orate con acceso a internet y con las herramientas para extorsionarlos a Gía y a él lo haría en cuanto le diera la gana, y por el otro, no soportaba la idea de pensar en ella con ese hijo de puta.

Alejandro no era ciego, podía darse cuenta de que cuando el jefe de Gía estaba en la habitación, la energía se alteraba; todo parecía pasar a segundo plano cuando había cualquier tipo de intercambio entre esos dos. Sí, solo se tiraban veneno, pero obvio era del tipo que se podría tornar retorcido e inevitablemente sexual a la menor provocación. Pero, por supuesto, ni sospechaba de la existencia de Saúl Cortínez.

De pronto, sintiendo que un enorme coraje lo levantaba y lo sacaba de su departamento, Alejandro se descubrió en camino a quién sabe dónde. No hay peor cruda que la de un hombre despechado y no le iba a resultar difícil en absoluto averiguar dónde vivía ese cabrón de Rodrigo.

La cruda de Saúl

Saúl Cortínez no podía evitarlo: actuaba como una niña de catorce años y lo sabía, pero visitaba y visitaba la página de *fans* de Gía en Facebook, esperando a ver si actualizaba su estatus; tal vez así podría darse una idea de lo que realmente estaba pensando esta mujer cuya ridícula belleza y aún mayor cinismo simplemente no podía olvidar. Por si eso no fuera suficiente, también se dedicaba a visitar su cuenta de Twitter cada veintitantos minutos, tratando de descifrar algún indicio acerca de su estado de ánimo. ¿Estaría pensando en él? ¡Qué ridículo! Esa no era la forma en que un futuro secretario de Gobernación debería actuar.

Lo cierto era que desde esa noche en el W no paraba de pensar en ella; ni, para el caso, en las amenazas de Rodrigo. Saúl era un hombre que pronto tendría toda la maquinaria política de esta nación a su disposición personal; por lo mismo, y no porque fuera un verdadero valiente, no tenía la costumbre de temerle a nadie. Pero Rodrigo contaba de su lado con una de las pocas cosas, probablemente la única estos días, que lo dejaban como pendejo: a Gía.

Por algún extraño motivo esa extraordinaria mujer parecía ser la aliada más fiel de ese enorme hijo de puta. Y lo habían embaucado. «Ahora sí estoy en problemas», pensó mientras se daba permiso nuevamente de buscar el nombre de Gía en Google News, esperando que su esposa no entrara a la oficina que tenían en su enorme casa en Bosques de las Lomas.

«Emprende batalla contra el ciberabuso a las mujeres»
«Lo que ellos piensan: 10 consejos de Gía para ti»
«El sucio secreto de Gía» (Maldito bloguero.)
«Las diez mujeres más guapas de México»

El escándalo aquel, por el momento, parecía bajo control; ella lo había hecho muy bien, aunque la idea de que se aliara con el gobierno de la ciudad, la oposición política, le causaba un malestar estomacal digno de estudio. Sin embargo, esa molestia no era nada cuando la comparaba con lo que iba a tener que hacer para apaciguar a Rodrigo.

Ni modo, pero para empezar, si esto seguía así, tendría que ceder y dirigir al menos un sesenta por ciento del presupuesto de medios de la Secretaría de Turismo a los que controlaba el muy cabrón. Y ese era solo el principio, porque lo tenían agarrado de los huevos.

Muy a pesar de sí mismo, Saúl volvió a revisar Twitter y ajustó la pantalla de su computadora para ver bien a Gía en su cabina de radio. Le daba mucho placer sentir que la podía observar cuando ella no se lo imaginaba, pensaba mientras bajaba el cierre de su pantalón y encontraba a su «amiguito». Eso no estaba nada mal, aunque no podía gozarlo del todo porque a la vez lo ahogaba una rabia terrible por no poder tenerla en ese mismo instante; no hay peor cruda que la de un hombre «enculado».

LA CRUDA DE RODRIGO

Siendo muy honesto consigo mismo, Rodrigo no estaba del todo contento con lo sucedido. No era que le remordiera la conciencia, para eso debía tener una, pero en realidad no le gustaba en absoluto la idea de deshacerse de Gía. Okey, odiaba admitirlo pero la quería cerca, muy cerca, aunque de pronto se había vuelto un arma de doble filo muy peligrosa. Sí, convocó esa junta de emergencia en cuanto se enteró acerca del video de Gía, simplemente para quedar protegido ante los accionistas de la empresa.

Todo era su culpa. Años atrás convenció a su padre de que para conseguir más recursos debían hacer público el imperio familiar y ahora cotizaban en la bolsa de Nueva York; entró mucho dinero, pero estaba obligado a rendirle cuentas a un montón de personajes a quienes no les hubiera dado ni el saludo bajo otra circunstancia.

Así que al ver un escándalo político en el horizonte, Rodrigo decidió que debía proteger a quien realmente importaba al final del día: a sí mismo. «La verdad es que si pudiera, también la protegería», pensó y luego se obligó a desechar ese estorboso... ¿sentimiento? (qué molesto) que de pronto se descubrió teniendo hacia ella. «Cuando termine todo este caos, cuando ya tengamos firmados los presupuestos gubernamentales para este ejercicio, cuando todo esté bien negociado y cerrado, entonces le diré lo que en realidad pasó esa noche», pensó en tono conciliador; para él, ese era un gran acto de generosidad.

El fallo fue unánime por parte de los accionistas y de su señor padre: no era buen momento para deshacerse de Gía. La situación parecía muy volátil y ella era de enorme utilidad para la empresa.

Por supuesto que sus extraordinarios niveles de audiencia e inmensa popularidad servían de mucho, pero el verdadero negocio no estaba en los contenidos de la estación, sino en los tratos que se consiguieran con el gobierno. Era un juego muy perverso pues aunque el mismo gobierno poseía los atributos hasta para quitar una concesión (siempre encontrarían un motivo), les resultaba mucho más reditualbe tener a la maquinaria trabajando para ellos; y si la maquinaria venía en la forma sensual de Gía, pues qué mejor.

«Pero tarde o temprano voy a poner en su lugar a ese hijo de la fregada», concluyó Rodrigo con peligrosa frialdad respecto a Saúl. Se detuvo un momento para analizar la razón de su pensamiento, siempre lo hacía, y la conclusión a la que llegó no le gustó en absoluto. No quería acabar con Saúl porque fuera su adversario en este juego político; quería hacerlo porque, como perro, no iba a permitir que otro se metiera con su hueso. Y Gía era precisamente eso, su hueso; podía ignorarlo todo el día, pero era solo suyo para roer. ¿O sería que de verdad la quería? Tal vez. ¿Eso importaba? Para nada.

En ese momento sonó el timbre de su *penthouse*. «¿A esta hora?», pensó. Era casi medianoche.

—Licenciado, disculpe usted, pero el señor Alejandro Márquez dice que es urgente y que usted sí lo querrá recibir. —Seguridad; tenían que preguntar.

¿Alejandro Márquez? ¿Quién...? ¡El novio!, por supuesto. Rodrigo casi soltó una carcajada de imaginarse este nuevo juego. Lo había visto varias veces en la oficina de Gía, esperando cual cachorrito obediente a que la dueña lo sacara a pasear. De pie uno frente al otro bien podrían representar la noche y el día; la luz y la oscuridad. «Esto puede ponerse divertido», pensó. Qué ironía que mientras se permitía estar molesto por los sentimientos que Saúl tal vez tenía hacia su locutora estrella, ni siquiera considerara que «el novio» podía hacer su aparición.

—Háganlo esperar unos diez minutos y luego déjenlo subir, por favor.

Los diez minutos eran solo para que se pudiera tomar un whisky mientras acababa de gozar, en la enorme pantalla que tenía frente a él, la imagen de Gía, vestida como una especie de Gatúbela *high fashion,* dando fin a su programa. Las cámaras fueron una gran idea surgida en la junta de ayer y la cual presentó a los accionistas de esta manera:

—La cosa estará así, entonces: mientras que no se complique la situación y las acciones de Gía no afecten nuestra reputación, nos quedamos con ella. Pero propongo esto, le voy a poner vigilancia veinticuatro horas al día. Mañana empiezo por la cabina, pero para el lunes va a tener a un equipo de producción siguiéndola con cámara adonde vaya. No se preocupen, no va a decir que no; le voy a explicar que queremos hacer un *reality* de su vida, que la queremos impulsar todavía más. Claro que va a aceptar... a Gía le encantan las cámaras.

Una auténtica carcajada salió de lo más hondo del estómago de Rodrigo al considerar lo fácil que estaba saliendo todo el plan; ahora, cual voyerista profesional, iba a poder disfrutar cada movimiento de esta encantadora mujer. Sintió cómo el juego se tornaba aún más pesado y complicado. Muy a su favor, pocos sabían navegar en la oscuridad tan bien como Rodrigo. Ya no sentía cruda en absoluto: lo que fueron molestos estorbos en su mente, la idea de Saúl enloquecido por Gía, sus propios sentimientos encontrados (nada comunes en él) por ella, ya habían sido descartados. El juego seguía y la verdad era que se estaba poniendo divertido.

LA CRUDA DE GÍA

La cruda de Gía no empezó hasta el miércoles de la semana siguiente. Comenzó cuando de pronto se descubrió rodeada por centenares de mujeres, muchas apenas unas niñas en realidad, quienes la veían como una especie de heroína.

Desde ese día por la mañana la seguía un equipo con cámara y un enorme micrófono para captar cada uno de sus sonidos y, excepto cuando ella los corría del lugar, todas sus conversaciones; la esperaban afuera de su casa y la seguían adondequiera que fuera.

«¿Por qué dije que sí?», se preguntaba una y otra vez. Bueno, con todo, había algo en la situación que ella gozaba profundamente; era incluso… ¿sensual? la idea misma de pensar que nada de lo que hacía quedaría en el olvido, que cualquier momento exitoso o interesante de ese tiempo permanecería grabado para la posteridad. Y también, tenía que admitirlo, estaba esa sensación completamente animal, a la que reaccionaba con toda la fuerza de su instinto sexual, al imaginar que Rodrigo se encontraba del otro lado, revisando el material.

Sí, era algo bastante enfermo y lo sabía, pero por más que trataba, simplemente no lo podía soltar: solo pensaba en él y se excitaba. Y ante su pronunciada ausencia estos días, la cámara había tomado su lugar. El día entero de Gía era un *show* para que en la intimidad Rodrigo pensara en ella; ni modo, era la verdad.

Flotando en esta distorsionada nube de sensualidad le quedaban pocos momentos de reflexión, y tal vez esa era una de las razones por las que amaba tener que estar siempre «prendida» para la cámara. El mundo, durante estos últimos días, había recobrado lo interesante de los colores; su cuerpo retomaba la capacidad de reproducir sensaciones con tan solo cerrar los ojos e imaginar. Su mente le estaba haciendo el favor de dejarla ignorar las antes persistentes preguntas respecto a lo ocurrido aquella noche. Tal vez era un simple mecanismo de defensa, pero en realidad ya no importaba tanto. Era tiempo de actuar, en toda la extensión de la palabra.

Cuando tenía un minuto para meditar un poco, se permitía entretenerse con pensamientos prácticos como «¿dónde se habrá metido Alejandro desde la semana pasada?». No le importaba mucho pero, racionalmente al menos, le parecía correcto estar pendiente del tema. Ya volvería. Siempre volvería.

Rebeca le aseguró que tenía la situación con Anastasia bajo control. No lo creía en absoluto, sabía que eso era una maldita bomba de tiempo, pero en este momento no se podía molestar en pensar en eso; todo iba rápido, era emocionante y se sentía bien. Sus últimos programas habían sido atinados, divertidos y profundamente enfocados. Le parecía ser la mujer más hermosa y eficaz del mundo.

Parte de ella hacía un gran esfuerzo para reprimir lo evidente; actuaba justo como su padre cuando tenía sus arranques de felicidad. En esos tiempos, durante aquellos breves periodos, había sido el mejor padre del universo. Mostraba una capacidad casi olímpica para olvidar cualquier problema; la acompañaba donde fuera que ella quisiera; leyó libro tras libro hasta que la pequeña se quedaba dormida en sus brazos. Le siguió el paso a tal grado que su madre, ya en la desesperación, los corrió de su casa y los mandó de viaje a algún lado, todo fuera por descansar de ese par de hiperactivos. Con los pocos ahorros que tenían, él la llevó a Cabo Cañaveral a ver el lanzamiento del *Challenger*.

Gía recordaba cómo su padre le platicó la historia de vida de cada uno de los astronautas, sobre todo la de Christa, la maestra de primaria que iba por primera vez en la historia a bordo de la nave espacial.

—Cuando seas grande, Gía, tú vas a poder hacer exactamente lo que quieras. Mira hacia arriba: esto es prueba de que todo se puede en esta vida.

Y allí estaban juntos, la pequeña niñita y su padre viendo el azul profundo del cielo de enero en Florida, cuando de pronto todo se desintegró. La hermosa nube que se disparaba hacia la eternidad se dividió en dos y pronto era evidente que algo terrible había pasado. Pero Gía no escuchaba que otras familias, que vivían la experiencia junto a ellos, hacían extraños sonidos de horror; solo podía ver, aterrada, la expresión en los ojos de su padre: era como si el brillo los hubiera abandonado de súbito. Gía, sin saber cómo, al instante entendió que el cambio sería permanente. No sabía de esas cosas en esos tiempos, por supuesto, pero algo en la química cerebral de su papá, de su adorado papá, se había... ¿quebrado? para siempre. Desde ese momento cobró conciencia de todo lo potencialmente malo en el universo, en particular en su propia mente, que era una versión infantil de la de su padre.

Unos cuantos meses después, la tía de Gía pasó por ella a la escuela; le tomó toda la tarde reunir el valor para decirle que debía prepararse para el funeral de su papá. Tal vez su madre debería haberle explicado, pero se quedó prácticamente muda por la impresión, no a cualquiera se le suicida el esposo un martes cualquiera por la mañana.

Y así fue como llegó la cruda. O como Gía la conocía; de pronto, como si un filtro cruel cayera sobre sus ojos, el mundo se fue a grises. Estaba lanzando formalmente, al lado del jefe de gobierno, la campaña para la protección de las mujeres contra las agresiones sexuales en internet.

Allí estaban las orgullosas feministas, su equipo de televisión adelante de un par de docenas de reporteros con todo tipo de cámaras y micrófonos; su madre maravillada, aunque un tanto confundida por tanta faramalla. También acudieron los siempre leales *fuckbuddies;* el Rockfather, quien estrenaba *piercings* y veía embriagado a su alrededor el suculento menú de mujeres que lo rodeaban. En un rincón, vestida con su habitual traje —ahora morado, como de la realeza— se encontraba Rebeca, sonriendo con orgullo como si esto fuera su gran obra. Todos le aplaudían a Gía su valor y generosidad al donar su imagen y tiempo, cuando llegó el gris.

De improviso, su cuerpo era infinitamente más débil, la tristeza era su emoción primaria y el sentido de las cosas estaba completamente ausente de la situación, igual que Rodrigo. Marielena le aseguró que estaría allí. Gía respiró profundo, nadie podía sospechar siquiera lo que pasaba por la mente y las emociones de la protagonista, pero el hecho es que el gris había llegado y por más hondo que respirara, no se iba a ir tan fácil. Maldito Rodrigo. Necesitaba verlo; sabía que no lo haría.

No hay peor cruda que la de una mujer completa y absolutamente enganchada.

OCHO

¡MUY PERRA DEL MAL!, PERO CON SENTIMIENTOS... (Y UNA MISIÓN)

CONVOCADA

Es una pésima idea dedicarte a las relaciones públicas cuando lo que quieres es ser el centro de atención, pero ese era precisamente el problema que Rebeca tenía al final de episodios como el «Gía-*cuzzi-gate*», como ahora lo llamaba. No que potenciales explosiones mediático-nucleares de esa dimensión fueran muy comunes y mucho menos contenerlas con tal maestría, pero cuando ocurrían, siempre acababa drenada y con un dolor de cabeza que parecía dispararse desde varios frentes en el cerebro.

Según lo comprendía, Gía no estaba ni remotamente consciente del esfuerzo que ella había hecho por sacarla del caos en que se metiera; parecía creer que todo era idea suya. Lo menos que podría haber esperado era que la muy desdichada compartiera un poco de información: hasta este momento Rebeca ni siquiera sabía quién era el susodicho en cuestión. ¡Qué ingratitud! Y peor aún, ¿cómo demonios esperaba la mujer que pudiera contener el nivel de destrucción si no sabía con quién lidiaban? Evidentemente tenía sus sospechas, pero no estaba segura. Demasiados hombres con cabello negro rizado.

De hecho, en ese preciso momento se dirigía a la oficina de Rodrigo, el presunto implicado, a una junta «sorpresa» a la que fueron convocadas las dos; así, sin previo aviso. Ya se les estaba haciendo costumbre, como si su tiempo no fuera más valioso que el de los demás. Pero la realidad de las cosas era que, aparte de que nadie le había preguntado su opinión, sí se encontraba bastante intrigada y el morbo le ganaba al orgullo. ¿Qué estaría pasando ahora?

OFICINA DE RODRIGO

La confrontación era inminente y Gía sabía que si quería respuestas iba a tener que hacer muy buenas preguntas. Cuando recibió la instrucción de que Rodrigo la esperaba por la tarde en su oficina no perdió ni un segundo; de entrada, debía presentar un frente impecable y aparentar que nada le importaba en absoluto. «Inocencia», pensó mientras se ponía su minivestido Miu Miu de gasa rosa casi transparente, al cual añadió unas delicadas zapatillas que sin duda se hubieran sentido en casa en el Ballet de la Ciudad de Nueva York. Gía también sabía sacar ventaja del hecho de parecer diminuta e inofensiva a ratos: su grueso cabello negro ahora estaba levantado en una colita de caballo ondulada a la que no temió atar un listón del mismo color que su ropa; el maquillaje era mínimo (no que lo necesitara), apenas con dramático rímel y un *gloss* rosa de frambuesa. Para complementar el *look* solo se puso los más perfectos y sencillos aretes de perlas.

La dulzura no era una de las características con las que alguien hubiera descrito a Gía, y definitivamente causó el impacto deseado: Rodrigo se levantó deprisa de su silla en el momento en que entró como si a quien recibiera fuera a una dama, no a una pieza más de su inventario que pasaba por la puerta, seguida por un camarógrafo, el encargado del audio y un asistente de producción.

—Gía, te ves…

—¿Sí, Rodrigo?

—…te ves un poco cansada de que te estén siguiendo todo el tiempo. Señores, dennos unos minutos en lo que hablo aquí con la licenciada.

Mientras el equipo de producción emprendía la retirada, Gía buscó el lugar más seguro donde acomodarse; lo descubrió detrás del bar en el que se recargó casualmente, cruzando los brazos en el pecho. El mensaje era muy claro: no estaba jugando.

—¿Qué pasó esa noche, Rodrigo?

—¿Cuál de todas, Gía?

—¿De verdad vas a jugar a que no sabes?

—Es que auténticamente no sé.

El enojo se apoderó de ella. Esto no era posible.

—¿Estuviste allí esa noche, Rodrigo? ¿Fuiste tú?

De pronto aquello era un duelo de complejas miradas cruzadas. El enojo se mezcló con el deseo, el resentimiento y con el delicioso sabor de la autodestrucción. Había demasiadas preguntas y acusaciones en el aire; este era el momento para contestarlas. Rodrigo, en lugar de eso, en solo tres pasos recorrió la distancia entre los dos, el bar sirviendo de absolutamente nada para alejarlo ahora que había tomado una decisión. Ante el movimiento seguro y concreto, este ya no era un juego donde los centímetros pudieran otorgar ninguna seguridad y el estúpido mueble se había vuelto un obstáculo fallido.

—¿Esto es lo que quieres, verdad? —le dijo de pronto, peligroso, tomándola con fuerza del brazo, apretándoselo sin control y jalándola de manera violenta hacia él. Casi sin aire, quién sabe si por la sorpresa o por la excitación, ella respondió con mucha dificultad:

—No… yo no quiero… Solo quiero saber qué pasó. Y me estás lastimando.

Rodrigo era muchas cosas en esta vida, pero sentir contra él el cuerpo de esta extraordinaria y por lo común fuerte mujer que representaba de manera tan natural a una hermosa niña asustada, lo llevó al borde de la locura que todos siempre han sospechado que existe, pero que luchan a cada momento por controlar; ese instinto animal que liberado podría ser infinitamente más poderoso que la razón. En el preciso momento en que Gía alcanzó a ver en sus ojos cómo Rodrigo tomaba su decisión, cómo ahora a él le tocaba perder el control y ceder, se abrió la puerta de la oficina y entró Rebeca con todo el equipo de producción detrás.

Oficina de Saúl, a esa misma hora

Anastasia apenas podía creer lo que escuchaba: si su ambición no le hubiera advertido que se tenía que quedar callado, probablemente ya habría soltado una carcajada. Desde que recibió una llamada por parte del equipo de Saúl Cortínez, la curiosidad era el más poderoso motivo para traerlo hasta acá, aunque por lo visto, más que una gran exclusiva, lo que este compadre parecía estar ofreciéndole era… ¿trabajo?

—….y por eso, como te expliqué, llegamos a la conclusión de que alguien de tu considerable talento puede y debe servir muy bien al nuevo gobierno como asesor de comunicación en redes sociales…

¡Qué divertido! Evidentemente algo quería este don Corleone región cuatro a cambio y eso era lo que ahora le tocaba averiguar. Anastasia lo miraba una y otra vez, por supuesto que se le hacía conocido de cierto videíto que guardaba en casa, a pesar de que no tenía forma de comprobar sus sospechas; lo que sí le quedaba claro era que lo que estaba en juego era un auténtico hueso a la antigüita. Interesante, sí, pero como buena perra que era, primero había que husmear un poco más.

OFICINA DE RODRIGO

—Señoritas, caballeros —decía Rodrigo a Gía, Rebeca y el equipo de producción mientras Marielena ajustaba el proyector e iniciaba una presentación—: hay buenas noticias.

«En verdad increíble», pensó Gía. «Es como si no hubiera pasado absolutamente nada hace unos minutos. Además, ¿por qué cuernos está aquí Rebeca? No trabaja para él sino para mí, carajo.» El hecho de que Gía tampoco mostrara la menor señal de vergüenza o de alteración por lo que acababa de vivir ni siquiera se le ocurrió; estaba demasiado maravillada por el cinismo y por los ojos de aquél. Ni para dónde moverse: tenía encima la cámara otra vez, igual que la penetrante mirada de Rebeca, quien no era tan buena actriz como ellos y no dejaba de sonreír con ironía mientras turnaba su mirada entre Gía y Rodrigo, Rodrigo y Gía.

«¿Y ahora qué mosco le picó a la todopoderosa Gía para andar vestida con una nube de algodón rosa, como *miss* de maternal uno?», se preguntó Rebeca. «¿Qué habría pasado si no los hubiera interrumpido? ¿Cachó el momento el camarógrafo? Si sí, más me vale conseguirlo antes de que Rodrigo lo borre.» Dejó de planear cosas por un instante y se puso a escuchar al hombre.

—A pesar, o quizá gracias a ciertos acontecimientos recientes que no vamos a mencionar, la audiencia se ha ido para arriba otra vez, ahora por mucho; esto ya no tiene precedentes.

Era imperdonable en serio. Si Gía fuera el tipo de mujer que demostraba sus sentimientos, entonces ya le hubiera reventado el florero en la cabeza a este pedazo de delicioso bastardo. De pronto se dio cuenta de algo: los colores habían vuelto; se sentía despierta otra vez. Sería ese momento detrás del bar o la confrontación que ahora vivía, pero como batería que acabara de recargarse, Gía estaba de regreso entre los vivos y letales; su química cerebral le hacía el enorme favor de dejarla operar a su habitual óptimo nivel.

—A ver, De la Torre —le respondió de pronto, sorprendiéndolo—. Según tu teoría, ¿esto es por «acontecimientos recientes», como tú los llamas? ¿No sería posible que la razón tenga más que ver con el hecho de que, pues… soy yo en el programa? Además, llevamos meses diciéndole a las mujeres lo que los hombres piensan. ¿Quieres un ejemplo? Ahorita tú estás pensando: «La voy a sacar de quicio solo para divertirme». Es hasta tierno que seas tan predecible —terminó el discurso con una mirada de certeza a la cámara.

«¿De la Torre?», pensó Rodrigo. Interesante. ¿Creía Gía que se le podía poner al tú por tú? Qué divertido. Entre más se resistiera, iba a ser más encantador cuando cayera.

—Así es, «licenciada Escalante».

(Agregó una risita para destacar lo simpático pero insignificante que había sido su intento de agresión verbal.)

—No me cabe la menor duda de que este más reciente éxito en realidad tiene que ver con que tú, sin hacer estudios de mercado, le diste al clavo en cuanto a lo que el público necesita. Bien, ahora saben que pueden ser vapuleadas por ti y les gusta, algunas incluso entenderán lo que los hombres piensan, pero según nuestros estudios, se siguen dando en la madre emocionalmente… No es algo que entenderías, Gía, siendo tan perfecta y controlada, pero nuestra conclusión después de las investigaciones es que ahora tenemos que subir el volumen; a todo. No solo dar el diagnóstico, sino una gran solución.

Todos esperaron la novedad. ¿Qué más podría proponer Rodrigo que Gía no hubiera hecho ya? Los sorprendió mirando fijamente a Gía y emitiendo una sola palabra:

—Perra —dijo.

—¿Perdón?

—Está bien. Muy perra. Del mal. Pero con sentimientos.

—¿Disculpe usted? —Gía no lo podía creer.

—¿Qué no lo ves, Gía? Es perfecto. Y es un concepto integral. Ya ha funcionado antes, pero por algún motivo a las mujeres hay que recordarles, una y otra vez, que hasta que llega el verdadero amor no pueden ser lindas, tiernas y dadivosas con todo hombre que se les pare enfrente; tienen que ir lentamente para no ahuyentarlos, tienen que...

Para ese entonces la risa ya le había ganado, y por mucho, a Gía. ¿Ahora resultaba que Rodrigo iba a fungir como su Rockfather, o mejor aún, como su «jefe de contenidos»? Pobre Bobbie.

—¿Me estás diciendo, Rodrigo, que vas a involucrarte más con el programa?

—Para nada, yo tengo una vida. Lo que te estoy diciendo es que si todo sale bien y no tenemos ningún, eh… escándalo político, por ejemplo, estoy dispuesto a ofrecerte no solo un cambio en las condiciones de tu contrato que te va a gustar, no te vas a querer ir de aquí nunca. Ah, y por ahí me enteré de que te quieren de imagen de la campaña con la que la nueva Secretaría de Turismo piensa abrir el sexenio. Te va a ir muy bien, Gía.

Claro que no lo podía creer. Le estaba ofreciendo todo, absolutamente todo lo que ella quería, con dos condiciones y una excepción: la primera condición era que no reventara un escándalo, el cual no tenía forma de controlar a no ser que supiera qué había sucedido. ¿Escándalo político? ¿Trataba de decirle Rodrigo que era Saúl con quien ella realmente estuvo esa noche? El hombre era tan críptico que no resultaba factible ponerlo en claro. ¿Cuál era la otra condición? Ah, sí: comprar todo este concepto, como de libro de autoayuda, de que las mujeres tenían que ser perras.

La excepción era que si este jueguito sexual-laboral continuaba, ella no podría tener lo que en verdad quería, ¿o necesitaba?; eso, por supuesto, era el propio Rodrigo. Gía trataba de poner sus ideas en orden cuando la molesta voz de Rebeca interrumpió sus pensamientos:

—¿Crees que puedas con la misión de ser «la auténtica madre de todas las perras», Gía?

Rebeca no había parado de sonreír ni de regocijarse un solo momento durante todo el encuentro; y pensar que no quería ir. Todo esto era oro molido al cual debía sacarle provecho pero ya, sabía que no le quedaba mucho tiempo para capitalizarse. Entendía bien que sus días con Gía estaban contados, pero haría todo lo posible para evitarlo aunque, con lo impredecible de esta mujer, sería muy difícil de lograr.

—¿Me estás retando, Rebeca? Bueno, veamos: ¿puedo ser perra? Empecemos por esto. Levántate toda tú, completita con tu aburrido uniforme de diva reprimida y sal de aquí, en este momento. Y llévate a ellos contigo —dijo apuntando a los muchachos de producción—. Cierren la puerta detrás de ustedes, yo los llamo cuando los necesite. Si es que los necesito.

Gía no se levantó del cómodo sillón en el que estaba casi contenida mientras veía a todos salir del lugar. Entonces se volvió a ver a Rodrigo: la mirada en blanco, sin descubrir una sola emoción.

—Está bien. Me gusta el giro al concepto de «lo que ellos piensan»; tengo que ir a prepararlo con mi gente. Sí, mi gente, Rodrigo; no hay uno solo de ellos en esta oficina.

—¿Yo no soy tu gente?

—Tú eres una persona. Gente es en plural.

—Pero soy... tu persona.

—No.

—¿No? ¿Nunca?

—Nunca, Rodrigo. No tienes con qué.

—Bien, entonces... —le dijo mientras se acercaba a ella y estiraba la mano.

¿Iba a cerrar el trato como si fuera una negociación con un colega cualquiera? No: lo que parecía un movimiento común de negocios, de pronto era una mano caballerosa que la ayudaba a levantarse del sillón; no es fácil abandonar un mueble así con un vestidito de ese tamaño sin perder la elegancia. Gía aceptó su mano y de pronto se sintió proyectada hacia él. ¿Era la fuerza del hombre, o nuevamente su voluntad que la traicionaba? No tenía importancia, ahí estaban.

No pasó absolutamente nada más que un abrazo; podría incluso haber sido descrito como amistoso por algún incauto que pasara por allí. Sí, un abrazo muy apretado pero él no tocó su cara, ella no acarició su espalda, él no hundió la nariz en su cuello. Solo eran dos personas perfectamente pegadas una a la otra, como tablas; sintiendo todo, admitiendo nada. Ahí estaban, robándose el conocimiento uno del otro en un acto que segundos después tendría que ser extirpado de sus memorias si no querían pagar terribles consecuencias.

Sintió cómo la deseaba. No tenía que tocarla, ya lo sabía, podía sentirlo contra ella. Pero no debía pasar otra cosa; las reglas, aunque aparecidas de la nada, eran de lo más claras: esto era lo único que se permitirían antes de volver a la guerra. El olor, el olor de este hombre, de los dos juntos, era suficiente como para que cualquier otra hubiera cedido, pero Gía no y mucho menos con el nuevo reto; «la madre de todas las perras» no debía ceder ante la primera provocación del macho alfa. Suspiró profundamente, aún sin moverse.

Entonces Rodrigo pasó la mano con suavidad por su cabello y en un instante ya tenía el listón rosa en la mano. Lo paseó despacio por los brazos de Gía, y sin dejar de verla, la tomó abruptamente por las muñecas: diestro y sin dudar ni por un momento en lo que estaba haciendo, le ató las manos muy juntas. Ella no se resistió, tampoco lo ayudó. Lo miró con fascinación; mientras ella no hiciera nada, mientras dejara que él tomara todas las iniciativas, todo iba a salir como quería...

AL OTRO LADO DE LA PUERTA

Esto ya era ridículo. La convocaron como si fuera un soldado raso, como una más de la enorme prole sin importancia, simplemente para correrla cuando las cosas se ponían interesantes. Rebeca estaba recargada con estilo contra la gran puerta de madera de la oficina de Rodrigo mientras trataba de escuchar algo, lo que fuera, de la conversación. Pudo percibir algunos murmullos al principio, pero su frustración creció hasta niveles intolerables cuando los remplazó el silencio; sabía que algo muy importante pasaba adentro. No podía quedarse allí mucho tiempo más, Marielena la veía con recelo, cual perro guardián a punto de soltarse de la correa. ¿Qué nadie estaba de su lado?, se quejó internamente Rebeca.

El problema no eran los simples y mundanos celos, claro que los sentía ante las circunstancias, pero no les daba importancia alguna; nada más faltaba que ella, Rebeca McBride, se dejara regir por emociones tan obvias y primarias que hasta las niñas en las secundarias públicas (*yuck!*) las experimentaban con regularidad. No, el verdadero conflicto era que percibía que aquí había no solo una enorme fortuna que ganar, sino su boleto de regreso a Los Ángeles, al lado de Gía. Pero con cada segundo frente a esa puerta cerrada se iba sintiendo más irrelevante, más frustrada; podía sentir cómo la sacaban del juego.

Por ahora todavía era la representante y «mejor amiga» de la locutora ante los ojos del mundo (la incapacidad de Gía para tener verdaderas amigas le era muy valiosa) e iba a exprimir la situación hasta que ya no le sirviera más.

Le dio unas palmaditas a su bolsa Givenchy de piel de lagarto, roja con tonos dorados, que le regalara Gía la pasada Navidad. Su sonrisa fue enorme cuando se la dio mientras ella gritaba «¡Gracias, Gía!», pero solo pudo pensar: «¿Qué no es de la temporada pasada?». Seguro la había comprado en internet y al llegar no le agradó. Nadie con buen gusto compra por internet, a menos que sea para regalar cosas de aparente elegancia por puro compromiso. Sí, la bolsita podría costar unos tres mil dólares, pero el video que ahora contenía valía mucho más.

El equipo de TV sí alcanzó a grabar a Gía y a Rodrigo bastante pegados uno al otro minutos antes, cuando entraron abruptamente a la oficina siguiéndola a ella. Por supuesto que Rebeca ya los había convencido de ceder la tarjeta de video, para «asegurarse de que no cayera en las manos equivocadas».

«Una más a mi favor», pensó y decidió entonces exactamente a quién tenía que ver saliendo de allí.

OFICINA DE GÍA.
«ORGULLOSAMENTE PERRA»

—Y para ti, Rodrigo, «la perra gorda» —dijo Gía histriónicamente entre carcajadas, haciendo en apariencia una representación de lo ocurrido en el Olimpo (en la oficina de aquel, pues) unas horas antes.

—No, no… ese güey no se merece ni que le des «la perra chica» —contestó todavía más enfiestado pero, excepcionalmente, nada ebrio el Rockfather.

Los entrañables *fuckbuddies* y Bobbie los miraron con extrañeza desde el lugar en el esponjado tapete de Gía donde se acomodaron para una junta de planeación después de las noticias de Rodrigo. No sonaba nada mal la idea de hacer de «las muy perras» un buen concepto de autoayuda, así habían funcionado muchos más, pero primero, como señalara Gía, debían poner muy claras las reglas sobre lo que querían lograr.

—«La perra gorda», queridos y no muy viajados amigos, es cierta manera de dar a entender que una concede la razón en un alegato por el simple hecho de que no considera que el esfuerzo valga la pena. Eso describe mi relación, eh… laboral con aquel.

Yo voy a diseñar este asunto como más me convenga a mí, claro, con ustedes.

—Y yo que pensé que era una antigua moneda del viejo continente: «la perra gorda» y «la chica» —dijo Bobbie.

—Correcto —le dijo Gía con afecto—. De una perra a la otra, nos entendemos.

—¿Entonces eso no significa que piensas ponerte en cuatro patas para su deleite personal, verdad? —preguntó el Rockfather.

El silencio fue la única respuesta posible para los otros tres hombres en el cuarto. Sabían que nadie tenía una relación tan cercana con Gía como el primo, pero ¿en serio? ¿Había dicho lo que había dicho, e iba a sobrevivir? El tiempo pareció congelarse mientras ella fijaba su impresionante mirada en él. Sus ojos se veían prácticamente transparentes esa tarde, con esa dulce ropa, pero allí dentro vivía un chamuco, eso no lo podían olvidar.

Silencio por varios instantes más, y de pronto… carcajadas. Primero Gía y el Rockfather; dos segundos más y Bobbie razonó que ya estaba permitido, mientras se abandonaba también a la histeria. Arnie y James tardaron bastante más: el derecho a la sátira tenía que ser ganado.

—Señores, creo que como cualquier grupo organizado con creencias comunes, lo menos que debemos hacer es tener nuestros mandamientos, así que a continuación permítanme presentarles lo que será nuestra biblia de trabajo en los próximos días.

Los mandamientos de «la muy perra»

- La perra se protege a sí misma y a los suyos ante cualquier cosa.
- Ladrará para ahuyentar a los indeseables.
- Mostrará los dientes para ahuyentar a las indeseables.
- Solo morderá cuando sea estrictamente necesario (sabe que esto siempre trae consecuencias).

- Una perra NUNCA se disculpa por nada.
- Mantendrá una sana distancia de los machos alfa hasta que llegue el inevitable momento en que ellos querrán algo de ella; entonces ella tomará las decisiones de cuándo y dónde.
- Gozará profundamente cada vez que alguien la llame por su nombre, «perra», para insultarla; una auténtica y exitosa perra sabe que eso es un halago disfrazado de envidia.
- Será generosa (como consecuencia, conseguirá lo que quiere de los demás).
- Nada de dejar que la anden olfateando en vano. ¡El que huele se queda a cumplir!
- Se dejará querer, pero ella no concederá sus «quereres» a cualquiera.
- Usará todos estos poderes para conseguir la única misión que importa: nunca ser lastimada.

En lo personal, Gía se permitió agregar un mandamiento imaginario más. Rezaba así:

- La muy perra nunca beberá nada de dudosa procedencia y tampoco se pondrá en la condición de no saber quién es su amo.

Cerró los ojos un momento, haciendo un esfuerzo para que el devastador susurro del recuerdo no la invadiera de nuevo y prosiguió. Lo importante era que la línea de trabajo ahora estaba trazada y todos tenían una misión. Ahora era esencial encontrar a las mujeres perfectas, con los conflictos ideales, para poder empezar lo antes posible al aire.

Luego de que Gía despachara a todos, incluso al Rockfather («¿Por qué sigues aquí, amor? Seguramente tienes a seis *groupies* esperando a que te las eches en varios puntos de la ciudad»), se sentó en su enorme futón —sofá que había mandado traer desde Japón— y abrazó sus piernas. Se veía más diminuta que nunca. ¿De verdad había tenido la fuerza de huir de la oficina de Rodrigo? «Perra gorda mis muy metafóricos huevos», pensó.

Ojalá hubiera podido conceder en el alegato del enfermo pero muy estéril episodio sexual que recién protagonizaran ella y Rodrigo. Nada quería más que dejarse ir, pero no: si logró dar un paso atrás y caminar con tranquilidad hacia la puerta, desatándose con dificultad el nudo que la sujetaba, era precisamente porque sabía que de seguir adelante, ninguno de los dos iba a poder parar hasta que alguno acabara muerto.

Se tocó el brazo y las muñecas, donde todavía le dolía lo brusco de las acciones de Rodrigo. Se sentía bien el dolor físico: la regresaba a la realidad y no le permitía obsesionarse con el pasado. Eran apenas diez minutos, sí, pero pasado al fin. Además, aunque sabía lo mal que estaba por ello, le daba mucho placer tener un recuerdo, un *souvenir* en forma de moretón de lo sucedido; al menos sabría que esto sí había tenido lugar por más que aparentara, incluso para sí misma, que nunca ocurrió.

Ya no importaba. El programa de hoy lo iban a grabar, así que ya tenía que estar en cabina. Convocando de vuelta a sus cámaras, que salieron corriendo detrás de ella, Gía caminó con certeza hacia el mejor lugar del universo, su propio santuario: la cabina de radio.

Rebeca, 9:40 p.m.

Después de considerar seriamente sus opciones, Rebeca decidió que todos sus problemas con Gía empezaron cuando esta última inició esa extraña relación con Rodrigo. Todo se había presentado así desde ese día en la cabina, cuando llegó a hablar con su cliente y ese oscuro hombre hipnótico la jaló de su lado, dándole toda la impresión de que se trataba de una típica seducción. No era nada extraño; a pesar de que Rodrigo resultaba ser probablemente el tipo más atractivo que tuviera enfrente en su vida, ella no estaba mal tampoco.

Rebeca ya había decidido incluso con qué pretexto hacerse del rogar un poquito cuando Rodrigo la llevó a lo oscuro de las escaleras de emergencia, la tomó de los hombros para verla directamente a los ojos y le dijo en un tono suave:

—¿Rebeca?

—¿Sí?

—¿Crees que podrías hacer algo por mí?

—Sí.

A pesar de entender bien lo poco profesional que era toda esa situación, estaba lista por completo para hacer justo lo que este hambriento animal le pidiera. En ese instante; en las sucias escaleras. Se relajó un poco, para que él tuviera el honor de seducirla, cuando lo que escuchó fue:

—Voy a necesitar que me tengas muy al tanto de todo lo que haga Gía durante los próximos meses. Vienen cosas muy importantes para la empresa y no quiero que ella me las eche a perder con alguna de sus «iniciativas» o buen carácter.

—¿Para eso me trajiste aquí afuera?

—Bueno, debo admitir que hay otra razón.

«Bueno, al menos», pensó una muy indignada Rebeca, quien instintivamente ya se había aflojado un par de botones de su estricto atuendo, cuando Rodrigo añadió:

—No te molesta estar aquí afuera, ¿verdad? ¿Fumas? —le preguntó ofreciéndole un cigarro, el cual Rebeca tomó con expresión ausente—. Perfecto. Mira, quédate aquí unos siete u ocho minutos más; yo por acá puedo regresar a mi oficina. Pero deja que Gía se pregunte dónde estamos. ¿Va?

No acababa de decirlo cuando ya estaba fuera de la vista, había subido los escalones de dos en dos, al parecer sin efectuar el más mínimo esfuerzo. Y ahí estaba Rebeca, cigarro en mano;

tenía sin fumar como siete años. (Lo dejó en California. *Not cool anymore, people!*) Pero bueno, le quedaban siete minutos por matar y muchos corajes que hacer, y en cierto modo sí le parecía muy divertido enloquecer un poco a Gía. Así que con una tremenda frustración y algo de nicotina no deseada, obedeció.

De eso hacía ya algunas semanas y todo había empeorado desde entonces. Sacó su teléfono; como la buena publirrelacionista que era, tenía en su agenda el número de todo mundo... y de sus madres. En cuanto encontró lo que buscaba, inició la comunicación.

—¡*Hey*! ¡Hermosa! Voy para allá... —contestó una voz masculina.

—¿Sabes quién habla?

—Ah. No, pero si quieres voy para allá.

—Soy Rebeca, Rockfather.

—Ah. No. Lo siento, nena, creo que no voy para allá.

Era obvio que a este buen bulto muscular de música y seducción no lo iba a persuadir nunca de que traicionara a Gía, pero tal vez, si lograba convencerlo de que ella estaba de su lado...

—Mira, «Rock...», no sé cómo te llamas en realidad...

—Llámame Alice, o Marilyn, o si quieres hasta Lars... pero Elton no. Nunca Elton, prefiero que me digas Arjona...

—Ajá. Está bien, Rockfather. Necesito que me ayudes.

—¿Cómo para qué puedo ser bueno?

Más le valía ir directo al grano porque este hombre probablemente iba a seguir desvariando. Rebeca continuó como si no lo hubiera escuchado:

—Quiero que me ayudes a que Gía entienda que tiene que escucharme. Es por su bien. Tiene que entender que la quiero y que no soy su enemiga. Que como enemiga no soy nada divertida.

Silencio.

—Rockfather... ¿estás ahí?

Silencio.

—¡¿Rockfather?!

—Escúchame, niña, y escúchame bien.

—¿Niña? ¿En serio?

—Date por bien servida de que te llamé así y no te dije lo que estoy pensando, porque no me refiero así a las mujeres pero en tu caso creo que estoy dispuesto a hacer la excepción. Entiende esto: así como me ves, de fiesta en fiesta y en la absoluta pendeja, hay algo que sí es sagrado para mí: eso es mi familia. Junto con mi banda, Gía es mi hermana, ¿entiendes? Y no hay NADA que no esté dispuesto a hacer por ella. Por ejemplo, respetar sus decisiones acerca de gente como tú, que no dudan en irse directo a la espalda.

—Y yo que te quería invitar a mi departamento para que platicáramos.

—Rebeca, muchas gracias por tan generosa oferta, pero creo que preferiría limpiar los baños del Reclusorio Oriente desnudo y con la lengua… que acostarme contigo. Pero ten una fantástica noche, nena.

Y colgó.

Ese grandísimo bastardo colgó y la dejó temblando de furia; de humillación.

Rebeca tardó unos segundos en recobrar la compostura y organizar sus ideas. No había sido uno, sino dos hombres que se burlaban de ella por culpa de Gía. Eso nadie se lo hacía a Rebeca McBride. Se miró en el espejo y se sintió satisfecha de que la rabia no se le podía notar, ni tantito, en la cara. Le quedaba un solo recurso más.

DEPARTAMENTO DE ALEJANDRO, 10:20 P.M.

Gía estaba convencida de que había sido una buena idea dejar grabado el programa de hoy por dos motivos. El primero era porque después de lo ocurrido con Rodrigo esa tarde, no quería seguir en el mismo edificio que él en la madrugada, y no tenía la menor duda de que estaría allí, en su oficina. La tentación era demasiada. Debía salir de la zona de peligro.

La segunda razón era que la situación con Alejandro ya la estaba preocupando de más, no era posible que llevaran tantos días sin hablarse. Gía, con su fiel equipo de televisión detrás, se enfiló a casa de su todavía novio para darle una sorpresa: el cuate merecía algo lindo después de todo lo ocurrido.

Entró con su propia llave. Ella no la quería —mucho compromiso—, pero Alejandro insistió.

Al empujar la pesada puerta, tuvo que sonreír: su propia voz inundaba el departamento. Alejandro podría estar demasiado enojado como para hablarle, pero no podía dejar de escucharla. A pesar de los problemas recientes, Alejandro todavía la amaba.

Irónicamente eso le provocó una sensación muy extraña; era una mezcla entre ternura y coraje. «¿Cómo es posible que sea tan bruto este hombre que los demás perciben como perfecto?», se preguntó. Aun así caminó con seguridad hacia la recámara, con el camarógrafo siguiendo silencioso cada movimiento. Llegó a la puerta, abrió la manija y se quedó sin habla.

Ahí, completamente desnudos entre las sábanas y con el programa de Gía a todo volumen para acompañarlos... estaban Alejandro y Rebeca.

NUEVE

LO QUE ELLOS PIENSAN, PARTE II

«SACAR LA PERRA»
Al aire

Apenas había pasado un día desde que Gía presentara «Los mandamientos de "la muy perra"» y la reacción había sido abrumadora, de hecho sublime. Le resultaba increíble pensar que tantas mujeres necesitaran ponerle un título o una figura a su derecho fundamental a protegerse y cuidar su felicidad. Pero ahí estaban de nuevo, con un micrófono, con una misión.

—Entonces, Cinthia, al parecer el problema es que hueles perpetuamente a leña de otro hogar, ¿correcto?

—Ese no era el plan, Gía, pero llegas a cierto punto de la vida en que los únicos hombres que existen están casados o...

—...son gays. Sí, ya me la sé, mujer, pero eso no es pretexto para que rompas las reglas, y mira que no te estoy dando clases de moral: si quieres al macho alfa de la que tienes enfrente y él se deja, eh... olfatear, entonces la bronca es de la pareja, no tuya. No es tu responsabilidad. ¿Pero cómo se siente no poder siquiera mandarle un mensaje, tener que sentarte a esperar? Saber que no solo no eres su prioridad, sino que simplemente le resultas conveniente... a ratos.

—Ay, Gía, qué...

—...perra. Sí, lo sé. Y muy a tu favor.

—Es eso o estar sola, Gía.

—¿Sabes qué es lo más bonito del mundo animal, Cinthia? Que ellos no se complican; por puro instinto saben cuando algo nada más no está bien. Mientras tú te sigas considerando como un producto dañado, que solo puede merecer algo a medias, entonces nadie se te va a querer acercar. Olvídate de lo que ellos piensan; lo pueden oler, así que primero te la tienes que creer tú. ¿Te consideras capaz?

—No.

—Yo tampoco lo creo, pero hasta que acabes de darte topes contra la pared con tu novio casado, no vas a terminar de entender. Tú estás pensando: «Seguramente se va a enamorar de mí», y él está pensando... de hecho, no está pensando en ti, a menos que te tenga desnuda enfrente de él en ese momento en particular. Esperemos que se canse pronto y te deje, para que puedas ser libre. Y después, por favor, hermosa, no lo vuelvas a hacer. ¿Sale? Trata de escuchar a tu instinto de supervivencia.

—Sí, Gía.

—Qué bueno, amor, porque la verdad nadie quiere ser una perrita callejera.

Entre risas Gía cerró el programa y se dirigió a su oficina. Era un enorme riesgo seguir con este plan de acción, considerando que por ahí podría andar volando la evidencia de ella con un político casado (con la hija de un general, ¡hazme el favor!). Aunque por otro lado, todavía tenía la... ¿esperanza? (qué ridículo) de que hubiera sido Rodrigo. «¿Y entonces qué, perfecta idiota?», se respondió sola. «¿Eso querría decir que todo fue un acto de amor? ¡Ajá!» Por suerte Gía no podía ser su propia radioescucha y aconsejarse, o saldría completamente acribillada del programa.

La risa ya era ahora un gesto de preocupación, pero el «Proyecto Perra» había arrancado tan bien que tenía que ver hacia dónde la llevaba. Gía seguía siendo una mujer muy ambiciosa y definitivamente quería, necesitaba más. La verdad era que ocasiones como esta sí la remitían, muy a su pesar, a pensar en cosas que no deseaba enfrentar. Ni modo, no tenía opción y como prueba, sobre su escritorio la esperaba una serie de recortes que Bobbie había recopilado para ella desde temprano.

Periódico *Los Tiempos*, 12 de septiembre.

Es la perfecta perra: y sabe lo que ellos piensan
Omar Vázquez, Ciudad de México

Pocas personalidades logran brincar de las revistas de chismes al centro de una respetada campaña social, pero Gía Escalante lo ha conseguido poniendo a trabajar a su favor lo que es, sin duda, una fórmula bastante controvertida: ser perra.

«Es hora de que reconquistemos el concepto. Por muchos años se ha utilizado la figura femenina de ese hermoso animal para denigrarnos, estigmatizarnos, no entiendo por qué. Las perras son valientes, hermosas y no se ponen a cuestionar su esencia; saben, con tan solo olfatearlos, qué es lo que quieren sus machos. Díganme perra, me gusta.»

No se trata de hacer el mal, asegura la exitosa conductora y modelo petite; es cuestión simplemente de no ir por la vida siendo víctima de nadie ni pidiendo perdón por cualquier cosa, mucho menos por querer tenerlo todo.

«Cuando un hombre va por la calle con un gran coche o una mujer espectacular, nunca falta el que dice:

"¿Quién es ese pendejo?". Bien, en las mujeres el equivalente es perra: "¿Cómo puede ser que esa perra haya llegado hasta donde está? Seguro fue dando las nalgas". Pues bien, yo estoy aquí para asegurarles que no es el caso, y nos estamos organizando para demostrarlo. Pueden esperar mucho más muy pronto», comentó Gía.

Por supuesto, el camino no ha sido sencillo tampoco para ella: después de que surgieran rumores sobre la existencia de un video en el que supuestamente sostiene relaciones sexuales con su pareja, Gía reconoce: «Para mí y para Alejandro fue terrible sentir cómo nuestra privacidad había sido violada, por eso lanzamos la campaña con las autoridades de la ciudad y afortunadamente no pasó, no ha pasado a mayores. Así que fue algo bueno porque mi drama personal sé que acabó ayudando a miles de chavitas que aún no saben sacar a la perra que llevan dentro cuando tienen que defenderse».

Bastante complaciente la primera nota, publicada en un periódico de impacto nacional en su sección de espectáculos. Era doblemente útil porque con ella conseguía darle mantenimiento al control de daños, pero algo le decía que el asunto aún no estaba terminado y, en efecto, sintió que se le congelaba la sangre al leer otra nota, una muy pequeña en la sección de adelantos del diario en la misma fecha, pero en la sección de política.

Periódico *Los Tiempos,* 12 de septiembre.
Política

¿Nuevo videoescándalo?

En el círculo rojo se comenta que el video en el que una famosa locutora aparece en situaciones bastante íntimas con un hombre, fue sacado de circulación no por las presiones sociales derivadas de la campaña auspiciada por el gobierno local, sino porque un flamante político de carácter federal podría ser el verdadero coprotagonista de semejante realización. De ser el personaje en cuestión, más allá de tratarse de un hombre casado, sería responsable de otorgar varios beneficios gubernamentales al grupo de medios de los que la locutora es estrella.

Claro, era una de esas notas en las que no se podía citar las fuentes, pero los editores estaban lo suficientemente convencidos de su veracidad como para lanzarla así, sin nombres formales, para que nadie se las ganara; ahora solo sería cuestión de tiempo. Gía sentía la náusea apoderarse de todo su cuerpo: ¿entonces sí había sido Saúl?

El asalto era agresivo por partida doble, pues no solo le estaban diciendo lo que tanto temía, lo que tanta repulsión le provocaba simplemente imaginar, sino que liberaban la carrera para que los medios buscaran la verdad. Ya no era el simple y frívolo asunto de una mujer y su intimidad, ahora apuntaba a un caso de corrupción política y empresarial; y en medio de esto brillaba la muy atractiva figura de Gía, la más perra de todas.

¿Qué reacción tendría Anastasia a todo esto? Sabía que se había estado en paz porque no le quedaba de otra, ¿pero ahora? Rápidamente Gía tecleó la dirección del blog en cuestión y sí, sus sospechas tenían sustento en la realidad.

El escándalo Gía: ¿le costó el novio?

Hace algunos días fuimos criticados por publicar en este espacio unas imágenes de la locutora más popular y sexy de nuestro país, realizando actos explícitamente sexuales con quien creíamos que era su novio Alejandro

Márquez en un jacuzzi que ahora identificamos en un hotel de cinco estrellas en la Ciudad de México. Debido a que fuimos informados de que esas imágenes habían sido robadas de su propiedad privada, consideramos antiético darle seguimiento a la nota. Sin embargo, hoy fuentes cercanas a la pareja aseguran que la relación ha terminado precisamente porque Alejandro no es el hombre que aparece en la grabación. De hecho, nuestros informantes de los círculos políticos aseguran que el personaje que la acompaña es alguien de muy alto calibre en el gobierno que está por tomar posesión. ¿Se les antoja un buen escándalo político? ¿Estará lamiéndose las heridas la mujer que se autodenomina perra? ¿El divino Alejandro se habrá liberado de la correa para siempre? Estén muy pendientes.

Gía respiró muy profundo, preparándose cada vez más para la nueva batalla que se le venía encima. Era cierto, si Rodrigo había sacado provecho político de que Saúl la drogara para tener sexo con ella, iba a ser casi imposible demostrar que no era parte del plan; después de su jefe, sería la primera beneficiada de los presupuestos y las oportunidades que llegarían por semejante negociación. Y luego estaba el tema de Alejandro: Anastasia no le había atinado del todo a la situación, aunque andaba peligrosamente cerca.

Dos noches antes Gía abrió la puerta de la recámara de su novio buscando la reconciliación, y en lugar de ello se topó con una sorpresiva y absoluta liberación. Por unos segundos no lo pudo creer. ¿Rebeca y Alejandro? Su supuesta amiga reprimió su sonrisita justo a tiempo, para tratar de ofrecer una justificación que sabía que nadie le creería.

Era demasiado estúpida la idea de tratar de negar las cosas; sería algo así como el marido al que cachan infraganti cuya respuesta es: «¿A quién le vas a creer? ¿A lo que estás viendo o a mí?». Hasta una discreta risita se le escapó a Rebeca, pero aparentó que era de nervios o al menos hizo su mejor esfuerzo por verse un poquito avergonzada.

Alejandro, por su parte, parecía que lo acababa de arrollar un tren. Honestamente no podía entender cómo había pasado esto. Sí, estaba furioso, encabronado con Gía, sobre todo después de esas inesperadas e indeseables conversaciones con Anastasia, y ahora con esta mujer diablo, con todo y pelo rojo, que se reacomodaba en su cama.

Pero su plan nunca fue este, ni siquiera cuando Rebeca sacó la computadora y le mostró las imágenes de Gía con Rodrigo esa misma tarde. Lo que pretendía, le dijo, era que supiera que tenía al enemigo en casa, que Gía no podía hacer nada ante semejante monstruo, y que ellos dos juntos debían separarlos por el bien de todos.

De alguna manera, mientras Alejandro se llevaba las manos a las sienes demostrando la terrible tensión que sufría los últimos días, Rebeca le empezó a frotar los hombros. Se sentía bien, comenzó a relajarse; luego fue la espalda y antes de saber qué ocurría, ya la tenía encima. Escuchaba el programa de Gía mientras esto pasaba, lo cual le resultaba extraño, pero se hubiera horrorizado de saber cuánto gozaba Rebeca este detalle, sobre todo cuando se postró sobre él ya sin nada de ropa. Al menos tenía la seguridad de que su mujer estaba en la estación, en la cabina de radio, y entonces se abrió la puerta.

—¿Esto es en serio? —preguntó Gía sin la menor inflexión en su voz.

—Esto... esto no sé cómo pasó —dijo Alejandro, casi tirando a Rebeca de la cama en el esfuerzo por quitársela de encima.

—¿Qué no estás al aire, Gía? —fue la cínica respuesta de Rebeca; no se molestó en responder.

La mente juega trucos muy extraños a veces y la de Gía no era ninguna excepción. En lugar de sentirse agredida, insultada y robada, de hecho experimentaba de pronto un alivio indescriptible y delicioso. Ya habíamos dicho que Gía odiaba la incertidumbre, ¿verdad? Pues en ese momento todo era claro otra vez.

—Alejandro, entiendo por qué sentiste que tenías que hacer esto; probablemente yo hubiera hecho lo mismo.

—Tú hiciste lo mismo —contestó Rebeca. Ya había perdido, así que al menos podía divertirse.

—Tu neurótica nalga irlandesa tiene razón, Alejandro, aunque las cosas no son como te imaginas. Ni modo, así es la vida.

Por primera vez, como si fuera poseído por algún extraño espíritu que traficara con la frustración, Alejandro Márquez cobró vida. Y así, en su majestuosa desnudez blanca, pegó un enorme salto que lo llevó en un solo movimiento de la protección de las cobijas a quedar frente a Gía, a quien en tonos salvajes y desmedidos preguntó:

—Ni siquiera esto es suficiente como para que te importe, ¿verdad, Gía? ¡Ni siquiera encontrarme en la cama con tu agente…

—Publirrelacionista.

—…publirrelacionista... te provoca la menor emoción respecto a mí!, ¿verdad?

Gía se le quedó viendo con ternura y sin una buena respuesta; así, enloquecido y desnudo, casi le empezaba a provocar algo; casi. Para ser sincera, esto era probablemente lo mejor que podía pasar; sospechaba incluso que en el fondo deseaba que ocurriera. Alberto, su psicoanalista, le hubiera dicho que era porque ella quería tener con quien compartir la culpa; su padre le habría explicado que se debía a que necesitaba estímulos mucho más allá de la pupila. No había nada peor en el universo de Gía que la pasividad, y vaya que este hombre tendía a ser pasivo. Ahora todo estaba bien.

—¿Sabes qué, mi amor? —dijo Gía—. Creo que estamos a mano. Te dejo para que termines lo que fuera que estuvieras haciendo. ¿Te veo mañana? ¿O pasado?

Y plantándole un beso más apasionado que cualquiera que Alejandro pudiera recordar, la muy perra salió incluso contenta del departamento.

Eso había pasado hacía cuarenta y ocho horas. Hoy estaba de nuevo a punto de encarar la crisis, y sospechaba que esta vez no iba a ser tan fácil salirse con la suya como al principio.

AL DÍA SIGUIENTE.
OFICINA DE RODRIGO

La puerta se abrió de manera repentina y entró Saúl; parecía poseído, sobre todo al ver la tranquilidad con que Rodrigo, sentado en todo su esplendor detrás de su enorme escritorio, tomaba su sorpresiva irrupción. Su violenta mirada era quizá lo más agresivo de todo el cuadro.

—Bienvenido, Saúl. ¿Qué te trae por aquí? —lo recibió Rodrigo, burlón—. ¿A qué debo el honor de tan célebre presencia?

—Mira, Rodrigo, creo que somos caballeros y como tales había un acuerdo. No hay contrato, pero pensé que eras un hombre de palabra.

—¿Y cuál era ese acuerdo?

—Me vas a hacer decirlo; está bien. Querías esos presupuestos para Grupo Vibra, ¿verdad? Y las concesiones para que tengas otra FM, ¿te acuerdas de ellas? Pues ya sabes lo que me tienes que dar a cambio.

—A Gía —contestó Rodrigo, seco, cortante.

—Al menos nos entendemos.

—No, Saúl, creo que no nos entendemos. ¿Crees que Gía es un activo de esta empresa que nada más te pueda vender? ¿Crees que quiero?

Los dos hombres se miraron por un momento, midiendo fuerzas; analizando las debilidades del ahora enemigo declarado.

—Bueno, entonces te felicito porque acabas de ganarte el privilegio de no tener un solo centavo del presupuesto, formal e informal, que íbamos a invertir en ustedes este sexenio. Y eso es solo para empezar; me encantaría ver la cara de tu padre cuando se entere de que ahora van a tener que depender de anunciantes como fajas milagrosas o clases de lectura rápida para sacar la nómina.

Ni la mención de su progenitor logró que a Rodrigo le pareciera menos chistosa esa ridícula interpretación de enajenado villano de telenovela que le ofrecía Saúl, y se le notaba; su famosa media sonrisa y el brillo en sus ojos solamente hizo enloquecer más al ya de por sí enardecido político.

—Es obvio que eso no es suficiente motivación para ti, ¿verdad? Bueno, entonces qué opinas de que vaya con Gía y le diga exactamente qué pasó esa noche, o mejor todavía, ¿qué tal si se lo digo a todo el mundo? Mi versión de los hechos, claro; creo que tú sabes cuál es. Yo no me voy a ensuciar las manos, ya tengo quién lo haga por mí. ¿A ti quién podrá defenderte?, ¿tus propios medios? Nadie te va a creer. Tus accionistas van a enloquecer. Los blogs ya pueden más que cualquier medio de comunicación formal, ¿sabías? Eso debe doler.

La sonrisa desapareció y la mirada de Rodrigo solo podía ser descrita de una forma: peligrosa.

—Escúchame bien, Saúl: no te quiero cerca de Gía. No es broma.

—Ah, de todo lo que dije, ¿eso te preocupa? ¿Gía, tu talón de Aquiles? Resulta que el majestuoso Rodrigo de la Torre quiere a alguien más que a sí mismo. Lo entiendo, hombre, a mí me tiene igual; pero, Rodrigo, ¿qué puedes hacer para evitar lo que se les viene encima?

Y con eso abandonó la oficina, dejando al empresario con dos pensamientos simultáneos, uno igual de preocupante que el otro: «Tengo que destruir a este tipejo» y «¿Tendrá razón respecto a mí y a Gía?». Peligro.

Rodrigo levantó el teléfono. Era hora de incrementar las apuestas.

EN ALGÚN LUGAR DE COYOACÁN, HORAS DESPUÉS

—En serio, Rodrigo, esto ya se está poniendo más que ridículo, no puedes esperar que cada vez que me llamas, ahí vaya yo corriendo.

Gía sí estaba enojada por la convocatoria de último minuto, pero tenía que concentrarse más en no caerse; sus tacones de alfiler se metían entre las piedras que recubrían la calle, el equilibrio no era cosa sencilla en esos momentos, y mucho menos en sentido metafórico. No sabía adónde iba ni el porqué, solo entendía que Rodrigo la guiaba con fuerza y certeza, tomándola del hombro, a una de esas casonas antiguas que solo se ven en esa zona de la ciudad. Ni siquiera las cámaras que la seguían a cada momento habían tenido permiso de acompañarlos; iban a lo que aparentemente era una reunión ultrasecreta.

—Pasen, el ingeniero los está esperando.

«¿El Ingeniero?», se preguntó Gía. «¿Será posible que...?»

Sí. En efecto, unos segundos después se encontraron cara a cara con el próximo presidente de la República.

OFICINA DE ANASTASIA

Anastasia parecía león enjaulado, no podía dejar de dar vueltas por todo el garaje. Pronto saldría de aquí y tendría… ¿qué? ¿Su propia oficina en algún viejo edificio de gobierno? ¿Estaría al servicio de ese maniático de Saúl? ¿Tendría que ponerse un traje gris? «¡Horror!», pensó mientras admiraba su camisa de seda color durazno.

Anastasia se consideraba un hombre de ética; muy personal, cierto, pero ética a fin de cuentas. Entre los valores que más atesoraba estaba la libertad, y con eso quería decir que nadie debía tener nunca el derecho a indicarle qué hacer. Si él quería joder a Gía lo iba a hacer *motu proprio,* no para ayudar a un político cualquiera a salirse con la suya.

Volvió al video que tenía congelado en la pantalla de su computadora; ese que nadie más había visto. En la versión completa, el hombre que coprotagonizaba la acción por fin se dejaba ver. «Las cosas nunca son como parecen a la primera», reflexionó con deleite.

Era obvio que la protagonista de esta historia había bebido demasiado. La gente subestima el poder para desinhibir que tiene el alcohol: todo parece como si se viviera un sueño lúcido.

Miró al hombre que lucía fascinado y ahora Anastasia tenía que tomar una decisión. No, no se trataba de si debía o no hacer lo correcto. La cuestión era: ¿cómo le puedo sacar más provecho a esta nueva información?

MIENTRAS TANTO EN COYOACÁN

—Y por eso, señor —concluyó Rodrigo—, consideramos que Saúl le puede hacer mucho más daño que bien a su gabinete.

La audacia de Rodrigo era inaudita: estaba apostándolo todo. Cualquiera sabía de la cercanía de Saúl con el Ingeniero; pero bueno, una cosa era la amistad y otra la política. Gía y Rodrigo claramente lo pudieron ver en los ojos del hombre cuando tomó su decisión.

Gía no cabía en sí misma de la sorpresa, la indignación y el dolor, pero hizo lo menos característico de su persona. Después de suplicarle a Rodrigo que le dijera con quién había estado ella esa fatídica noche, así es como venía a enterarse de la verdad, pero mantuvo silencio. Calló mientras Rodrigo narraba los detalles de cómo Saúl la violó luego de poner una droga en su bebida. Calló cuando su «jefe» contó cómo fue que por protegerla se dejó amedrentar por Saúl, quien incluso llegó al grado de amenazar abiertamente, a nombre del Ingeniero, con que el nuevo gobierno destruiría al Grupo Vibra, retirándole incluso las concesiones que ya tenían, si ellos dos decían algo.

Sí, Gía calló mientras Rodrigo y el Ingeniero llegaban a un acuerdo que los mantendría a todos en la absoluta prosperidad por lo menos los próximos seis años. Los detalles los verían juntos, solos, después, pero por ahora el trato era muy sencillo: Saúl quedaría fuera. Gía tenía que sacrificarse. Le explicaron cómo; le dieron instrucciones muy claras. Muy conveniente para todos, excepto que a ella... pues nadie le preguntó su opinión. Y mucho menos lo que sentía.

Comunicado de prensa

A todos los editores, jefes de redacción y reporteros.

Se les invita esta noche a acompañarnos en la cabina de Vibra FM durante el programa de Gía Escalante, durante el cual se dará a conocer información de sumo interés no solo para la fuente de entretenimiento sino también para la de política.

Pueden acudir con sus cámaras, pero se les suplica esperar con sus preguntas hasta el final de la emisión. Agradecemos de antemano su participación y comprensión al respecto.

PREPARADA

Gía se veía absolutamente perfecta. Más le valía, todo mundo la iba a observar hoy y por eso el chofer de Rodrigo la dejó en su casa antes de ir al programa; se tenía que arreglar.

Para eso optó por la prenda de batalla que toda mujer que se honre en serlo debe tener en su clóset: el perfecto vestidito negro. Este era muy entallado y si se abría uno o dos botones, entonces mostraría el escote más valiente de los alrededores. Lo había encontrado en Alemania años atrás y solo lo usaba en momentos en que la perfección y la precisión eran imperativas, pero la belleza un requerimiento. Sería todo el cliché que quieran, pero funcionaba y siempre iba a funcionar. Con las perfectas sandalias de plataforma que parecían llegar hasta el cielo, Gucci, por supuesto, Gía estaba casi lista; solo agregó sus perlas de siempre y, claro, su chaqueta S&M de batalla. Su grueso cabello nunca había estado más estrictamente lacio.

Era en verdad increíble contemplar el efecto que el boletín que Bobbie enviara a los medios de comunicación causó en todo mundo. Era la oportunidad política ideal para lucirse, por lo visto, porque tanto sus adoradas feministas como el jefe de gobierno se autoinvitaron al ahora magno evento. «Y eso que ni idea tienen de qué es lo que va a pasar», pensó. «Ni siquiera yo sé qué esperar.»

Si bien Vibra FM tenía varios espacios noticiosos con una muy buena redacción a su disposición, Rodrigo y el Ingeniero acordaron que al inicio del programa ella debía dar la noticia de Saúl, y lo haría envuelta en tal bandera de drama que pocos percibirían que los detalles eran profundamente delicados. Por la hora era un poco tarde, y de todos modos los noticiarios de la televisión abierta no iban a pasar la nota hasta tener varias juntas ejecutivas y medir el tono y el giro editorial que le darían; o sea, con suerte, hasta la mañana siguiente. No se iban a arriesgar a equivocarse con algo así y pagar las consecuencias.

A las diez de la noche todavía alcanzaban las primeras planas de los periódicos, pero las reacciones tendrían que esperar hasta el día siguiente, dándole un ciclo de vida doble a la información con la que el próximo mandatario quedaba como un valiente, dispuesto a depurar de malos elementos a su equipo más cercano.

Era sorprendente, si se consideraba, que Gía pasara tanto tiempo hablando de lo que los hombres pensaban en términos amorosos; mejor le hubiera servido hacer un programa de pura estrategia militar que fluía, sin verse alterada por los sentimientos, de esos aparatos llamados mentes.

«En este negocio nada pasa por accidente», pensó, sintiéndose irónicamente como si la acabaran de atropellar; claro que al verla nadie lo notaría. Hoy era ella quien se iba a confesar. Hoy iba a contar su triste historia, que desencadenaría el mayor escándalo político-sexual de los últimos tiempos. Si lo hacía bien, su gente, y ella, estarían a salvo.

EN LA CABINA

A diferencia de la mayoría de las cabinas de radio de antaño, la del programa era bastante amplia a ambos lados del vidrio, pero esto era ridículo: no cabía una sola persona más del lado de producción y nadie, absolutamente nadie, tenía permiso de pasarse al otro lado, donde Gía estaba sentada rodeada de micrófonos Neumann TLM (solo lo mejor para ella), al parecer demasiado concentrada en los papeles que tenía enfrente como para ver a la multitud congregada para el gran evento.

Cuando por fin levantó la mirada los pudo ver a todos; evidentemente los sujetos habituales, Bobbie y compañía, no paraban de hacerle gestos de apoyo. El Rockfather con toda la banda se encontraban allí, listos para entrar en acción si alguien, cualquiera, hacía el más mínimo movimiento que molestara a Gía. Junto a ellos, el *crew* de televisión, que grababa cada rostro, cada personaje que se hallara en el lugar. Prensa, a más no poder; estaban casi pegados a la pared, adonde un Bobbie con quien no se podía negociar los había mandado con una sola mirada. Casi al frente, con dos o tres asesores, el jefe de gobierno, a quien las feministas, unas cinco, no dejaban solo ni por un instante. Era soltero y guapo, pero claro que eso a ellas no les importaba; ajá. Casi en un rincón, con cara de sorpresa por estar allí, Alejandro. A él Gía sí le mandó un beso, como si fuera un día normal en este zoológico de la vida.

De hecho justo así se sentía, como la exhibición en una muy elegante jaula que la contenía cual animal exótico en peligro de extinción, para complacer y maravillar a los visitantes del lugar. «¿Me extinguiré hoy?», tuvo que preguntarse. Pues si eso ocurría no iba a ser porque ella no hizo cuanto pudo para evitarlo.

«¿Esto es en serio?», se tuvo que preguntar otra vez al ver a la figura vestida de rojo absoluto entrar al lugar y saludar, prácticamente a todos, de beso y abrazo. Menos a Alejandro, claro; a él ni lo volteó a ver. Qué huevos tenía Rebeca de presentarse ahí.

Así que era oficial: allí estaban sin más todos los elementos menos uno, por supuesto. A pesar de que había una silla que nadie ocupaba aún, como esperándolo, Rodrigo simplemente no llegaba y esto no era una gran sorpresa para Gía; no después de lo que ocurrió al salir de la casa del Ingeniero unas horas antes.

—Esta es la última vez en mi vida que hago algo por ti, Rodrigo. Nunca más. Y es solo porque no me dejas una salida.

—¿Quieres una salida, Gía?

—Sabes muy bien que la única manera de salvar mi pellejo es salvando el tuyo, pero después tú y tu pinche empresa de mierda se pueden ir directo a la chingada. Todo tú. Completito.

Y entonces llegaron las lágrimas; la invadieron de una manera sorpresiva y veloz. Nunca las vio venir, y le causaron la peor rabia de su existencia. No ahorita, no enfrente de este cabrón. No cuando tenía que ser más fuerte que nunca y mucho menos ahora que, parada en la calle a su lado, sintió cómo de nuevo se le venía el gris encima. Hasta donde podía recordar, era la primera vez en su vida adulta que perdía el control de esa manera y era imperdonable, porque sabía que la verdadera razón era la peor de todas. Todavía quería estar con él; el más profundo vacío de su ser necesitaba que este siniestro hombre la poseyera. Y mientras su cuerpo y su corazón le pedían esto endemoniadamente, su cerebro, que por fortuna todavía era el órgano dominante, le decía: «Eso sería equivalente a un maldito suicidio». Tal vez eso era precisamente lo que buscaba.

Rodrigo la vio, sorprendido por esos segundos en que se permitió un instante de humanidad; levantó su mano y tocó una de las lágrimas que corrían por las mejillas de Gía, se la llevó a la boca casi con ternura y cerró los ojos. Luego le tomó el rostro con sus dos enormes manos y la obligó a verlo. Ella se resistió un instante, pero ya no tenía fuerza; el trance duró apenas un momento. Entonces, Rodrigo tomó una decisión.

—Esa noche no fue Saúl con quien estuviste, Gía. Y nadie te drogó.

¡¿Qué?!

Solo eso. Rodrigo no dijo más y se fue caminando, dejando que su chofer la llevara completamente destruida a casa en su famoso Bentley.

De eso hacía horas y ahora, en la cabina, Gía estaba lista precisamente para dar ese gran *show*. El pecho le dolía mucho, pero sabía que era un simple y común ataque de pánico, de esos que a cualquiera llevan al hospital con la certeza de estar teniendo un infarto. De esos que son tan fáciles de ignorar cuando una está en el único estado perfecto del mundo: al aire. Eran las dos cosas que nunca podría dejar; ni el aire, ni a Rodrigo. «Ni modo», pensó al abrir su impecable boca roja para iniciar el programa más importante de cuantos hubiera hecho. Comoquiera que uno lo viera, estaba completa y rotundamente enganchada.

Diez

La cosa mala, parte II

Al aire

Nadie podía quitarle la mirada de encima a Gía en la cabina. En todo el país y en el sur de Estados Unidos, millones de personas sintonizaban el programa, muchos por primera vez. Las pantallas de las computadoras también se hallaban encendidas y la página donde ella siempre podía ser vista se encontraba a punto de caerse por el tráfico generado. Se había corrido la voz y todos sabían que algo muy fuerte estaba por ocurrir, pero Gía no se iba a dejar presionar por nada ni nadie.

Haría las cosas exactamente como creía correcto. Alimentaría el morbo de todos estos vampiros emocionales, sí, pero a su propio ritmo y no como le habían pedido que lo hiciera; tenía una idea mejor.

—Bienvenidos. En este programa nos hemos dedicado a compartir el conocimiento de «lo que ellos piensan» ya desde hace mucho tiempo. Ha sido una experiencia tremendamente grata porque nuestra intención hasta ahora era celebrar y aprender de nuestras diferencias y tarde o temprano encontrar el amor, pero por desgracia las cosas no siempre se dan así.

Gía respiró profundo. Nunca había usado su programa para algo como lo que iba a hacer a continuación.

—Tenemos en la línea a una mujer que por darse su lugar en la vida está pagando las consecuencias. Mariana, ¿qué pasó cuando le dijiste a tu jefe que no te pensabas acostar con él?

—Me despidió, Gía, después de años de trabajo en el partido político. Yo estaba allí porque creía que podía hacer algo bueno, por eso acepté la chamba de asistente personal de este… este tipo, pero me equivoqué respecto a Saúl.

Gía sabía el impacto que estas palabras estaban teniendo donde debían. No eran solo oídos meramente morbosos buscando entretenimiento los que escuchaban esa noche: todo el círculo rojo de la política nacional se encontraba ahí también. Esto apenas iba empezando.

—Espera. ¿Dijiste Saúl? No sería el mismo que ya nombraron para encabezar el próximo gabinete presidencial, ¿o sí?

—Sí. Cortínez, Saúl Cortínez. Y si algo me pasa, lo señalo como responsable. ¿Por qué son así los hombres, Gía?

Fingiendo algo de humor, Gía soltó una pequeña carcajada.

—Yo dije que podía explicarles qué es lo que los hombres piensan, no los políticos, Mariana, esos sí que son animales distintos.

Volteó a ver al jefe de gobierno al otro lado de la cabina con una sonrisita de disculpa; él solamente encogió los hombros con indiferencia. No se sentía aludido, ellas hablaban de la oposición.

—Esto es de verdad terrible, Mariana. Por desgracia tus enemigos políticos, y no dudes que ya los tienes, van a decir que esto es un invento tuyo para atacar al hombre que te dio de comer, pero no te preocupes, quédate en la línea, pues pronto vas a descubrir que definitivamente no estás sola.

Le dio entonces la señal a Bobbie y este enlazó la siguiente llamada, era Alma de los Ángeles Cruz de Cortínez; sí, la hija del general y esposa de Saúl.

—Alma. Siento mucho que te tengas que enterar de estas cosas así, pero como mujeres no podemos permitir que situaciones de ese tipo sigan dándose.

Por supuesto que esto no era ningún volado. Gía pasó mucho tiempo hablando con la esposa de Saúl. Le había dicho todo; esperó resistencia, negación, pero con lo que se topó era con una mujer de unos cuarenta y cinco años bastante fuerte, inteligente y perfectamente consciente de lo sucedido hasta entonces con su marido, y ahora la cosa iba a ponerse peor. Alma había pasado años observando a las mujeres de todos esos políticos, que debían callar los peores secretos de sus cónyuges aunque estos las devastaran. Sin duda, lo último que quería era que su esposo tuviera un puesto que le diera más poder, y menos tan cerca del Ingeniero, lo que le causaba terror; la relación de Saúl con el presidente electo no resultaba nada buena para su matrimonio. Además era gran *fan* de Gía: en el mundo de la política, donde nadie decía la verdad y Alma vivía en silencio casi como rehén, siempre harían falta grandes perras como ella.

—Hola, Gía; hola, Mariana: yo también lo siento mucho. Siento mucho haber dejado que la situación llegara hasta este punto. La verdad es que sé que esto ha estado ocurriendo por mucho tiempo, y una vez que traté de hablar con Saúl al respecto…

—¿Qué pasó, Alma? —preguntó Gía, sabiendo muy bien lo que venía.

—…fue el día en que me empezó a golpear, y desde entonces no ha parado. No, yo ya no puedo más. Tengo hijos que proteger. Voy a demandar a mi marido, necesito el divorcio. Y si lo ven por ahí, por favor díganle que mi padre quiere hablar con él.

El jefe de gobierno y las feministas hubieran sacado maracas y panderos para aplaudir de haberlos tenido; la prensa enloqueció. Esto ya no era un asunto de pequeños problemas familiares, estaban hablando del próximo secretario de Gobernación, pero para Gía solo era el comienzo.

—Todo esto es bastante fuerte, lo sé, y ojalá pudiéramos dar el asunto por concluido, pero me temo que sería muy irresponsable de mi parte dejar que estas valientes mujeres contaran su historia y yo no mencionara la mía.

Gía respiró profundo. Lo iba a hacer, estaba a punto de poner la antorcha en la leña; iba a rematar al enemigo. ¿Al enemigo?

—Sí, estimados, me temo que yo también, pero no me crean a mí; nos enlazamos directamente con el nuevo colaborador de Vibra FM, un hombre talentoso y lleno de recursos que pronto estrenará programa en esta estación. Su nombre ya lo conocen, y aunque en ocasiones nos hemos encontrado de lados opuestos de la noticia, hoy nos reúne algo muy importante en este programa especial: la verdad. Bienvenido, Anastasia, es un gusto tener en nuestro equipo a «la Reina de la Red».

Alejandro, quien estaba tomando un poco de agua, casi se atraganta. Y más o menos esa fue la reacción de cualquiera que hubiera estado siguiendo paso a paso esta compleja historia de chismes, sexo y amenazas veladas, pero los territorios al fin estaban marcados y ya se sabía de qué lado se hallaba cada quien. El contacto lo había iniciado Anastasia esa tarde, después de que ella saliera de la ya infame cita con Rodrigo y el Ingeniero: rápidamente llegaron a un acuerdo.

—Anastasia, querido, yo sé que hay mucha gente sorprendida de vernos hablar a ti y a mí. ¿Podrías explicarles qué está pasando?

Anastasia no tardó en narrar cómo fue que le había llegado el infame video de Gía: explicó cómo, por medio de un contacto político, le entregaron el DVD en cuestión.

—Al principio —narró inocentemente Anastasia— yo solo creía que era un video sexual con tu novio, Gía; que incluso habías hecho aquello para promover tu programa, pero la verdad es que no se veía nada. Hasta que lo pasamos por un proceso para aclararlo en posproducción me pude dar cuenta de dos cosas: una era que tú no estabas bien esa noche. Y la segunda, que el hombre en cuestión era... Saúl Cortínez.

Silencio devastador en la cabina. Gía lo aprovechó también, sabía que el impacto de la ausencia de palabras por unos segundos era a veces la herramienta más poderosa de todas. Luego, con valor, después de «recuperar la fuerza» que semejante proeza emocional en apariencia le demandaba, Gía prosiguió:

—Es verdad. Llegué esa noche a platicar con Saúl. Algo debe haber puesto en mi bebida porque de pronto perdí el conocimiento. No sé exactamente qué pasó, y créanme, no es fácil de confesar... pero haya sido lo que haya sido, me niego a ser la víctima. Ahora con más razón me dedicaré a las campañas sociales para evitar que esto siga ocurriendo. Si me pasó a mí, ¿quién va a proteger a las niñas de monstruos como este?

El guión era perfecto y tanto Gía como Anastasia jugaron sus partes a la perfección. Los dos tendrían... bueno, tal vez no lo que querían, pero definitivamente lo que necesitaban de todo esto. Ahora Anastasia tenía que cerrar el trato al aire.

—Por mi parte, Gía, te prometo que ese video nunca lo va a ver nadie; ya me aseguré con mi fuente y hasta donde yo sé, la única otra copia la tiene el propio Saúl. Así que ahora sí y de una vez por todas, creo que podemos dar por terminado este penoso asunto y seguir adelante con nuestras vidas.

Ah, no, esto no había terminado; Gía se enderezó un poco y volteó a ver a todos en la cabina, donde nadie hacía un solo movimiento.

—No, me temo que esto no queda aquí. Hay algo más que debo decir, es un asunto bastante delicado, pero lo vamos a tener que hacer regresando de este corte. Gracias por tu honestidad e integridad, Anastasia. Seguimos...

Rodrigo, desde algún lugar
en quién sabe dónde

«¿Qué estás haciendo, Gía?», se preguntó Rodrigo, maravillado y horrorizado al escuchar lo que transmitía el radio de su Bentley. La mujer estaba en completo control de la situación; el peligro consistía ahora en ver a quién pensaba sacrificar con todo esto.

Rodrigo sabía que debería estar allí en esa cabina, pero tenía algo más importante que hacer. Nunca imaginó que ella se saldría del plan que tan cuidadosamente trazaran con el Ingeniero; en realidad ya no importaba tanto. Pensó en el cuerpo de esa fabulosa mujer apretado contra el suyo. Recordó su calor a través de ese vestido casi transparente; podría no haber estado usando nada por el efecto que le provocó. Como esa noche. Y la obsesión: a Rodrigo casi se le había salido de control toda esta situación porque, tenía que admitirlo, estaba completa y absolutamente obsesionado con Gía; enganchado a más no poder. Por eso se dejó distraer y por un momento le mostró sus debilidades al enemigo. Y hablando del diablo, ahí estaba; en su escritorio, viendo desesperadamente la imagen de Gía y escuchando el programa donde su vida entera era destruida, ahí se encontraba Saúl.

—¿Qué haces aquí, Rodrigo? —preguntó derrotado, pero cínico—, suponía que andarías en tu fiesta de «acabemos con Saúl» con tu bola de esbirros…

Rodrigo de la Torre solo sonrió, esa sonrisa que tantas veces había sido descrita como oscuramente peligrosa. Y con razón.

En la cabina

Nadie más que Bobbie y el Rockfather tuvieron permiso de entrar a la cabina durante el corte, y solo para asegurarse de que las cosas marcharan bien; ellos eran, verdaderamente y ante todo, su gente. En el momento en que la luz roja de «Silencio» se apagó para salir a corte, estalló el pandemonio: los *fuckbuddies* tuvieron que impedir físicamente el paso de la prensa a la cabina. Los demás invitados se miraron inciertos, todos con pensamientos distintos acerca de la extrema situación que presenciaban; y lo que faltaba. Después de lo que pareció el corte comercial más largo de la historia, era hora de regresar al programa.

Al aire

—Esta historia es bastante más compleja que la de un hombre abusivo en una posición de poder. Aquí todas denunciamos a Saúl Cortínez y nos negamos a ser sus víctimas, pero hay algo más que tienen que saber.

Ahora sí, Gía estaba a punto de dar la estocada final. ¿Pero a quién?

—Esta historia va mucho más allá de un individuo agresivo con las mujeres. Es un ejemplo de todo lo que está mal con nuestro país que tanto amamos. La corrupción y los juegos políticos por lo general se quedan guardados como secretos a voces entre los que los conocen, indignados o no, pero no suelen tener resolución. Pues bien, he decidido que es hora de terminar con este mierdero, aunque me cueste todo.

»Es cierto cuanto narró Anastasia, pero lo que él no sabía es que el asunto llega más lejos: aquí en Vibra FM, y todo el grupo de la familia De la Torre, estábamos siendo extorsionados por Saúl. No solo nos amenazó con retirarnos cualquier presupuesto que pudiera derivar de las campañas gubernamentales, sino que nos dijo que podríamos olvidarnos de competir en materia de telecomunicaciones en cualquier oportunidad que se abriera durante el siguiente sexenio. Sabemos que se licitarán dos cadenas nacionales nuevas y básicamente lo que se le dijo a los dueños de esta empresa es que si no hacían lo que Saúl quería, podían olvidarse de ellas».

Gía hizo una pausa dramática, necesaria para las circunstancias. Poder, telecomunicaciones, extorsión y sexo; no eran asuntos sencillos de digerir, pero por lo menos esa parte de la historia sí era verdad. Prosiguió:

—¿Qué es lo que quería Saúl? En principio dos cosas: una era tener injerencia e incluso derecho de veto en nuestra política editorial, lo cual es nefasto, reprobable y digno de los regímenes más autoritarios del mundo. Y luego estaba la otra condición. En estos tiempos modernos, donde los derechos de la mujer se supone que están más que establecidos, Saúl me quería a mí. Me exigió a mí como parte del proyecto que tenía no solo para no destruir a esta gran empresa sino para encumbrarla los próximos años. Por supuesto que Rodrigo de la Torre, presidente de este grupo, firmemente dijo que no a ambas, pero eso solo enardeció más a Saúl.

Volteando a ver a Bobbie, quien había estado pegado a una línea telefónica, esperando una llamada, Gía vio la señal que necesitaba para continuar:

—Es más que evidente que no tienen por qué creerme a mí. No puedo ser juez y parte, pero hay otros afectados. Por ejemplo, el hombre que acaba de ganar la elección a la Presidencia de la República. Saúl nunca actuó en su nombre, lo cual nos queda más que claro. Por eso ahora tenemos en la línea al Ingeniero, que tiene algo que decir. Muchísimas gracias por estar en vivo con nosotros, señor.

—Gracias a ti, Gía; es gracias a mujeres valientes como tú que podemos salir adelante como nación. Me parece profundamente lamentable todo lo que acaban de narrar tú, Alma y Mariana, quien por cierto siempre tendrá un lugar en nuestro equipo de trabajo. No les quito mucho tiempo, pero sí quería compartir con tu público la pena que nos causa esta situación; desde hace ya varios días estábamos informados del asunto y hemos hecho las investigaciones pertinentes. No podemos empezar el sexenio más que con el pie derecho y el mejor equipo de trabajo; eso evidentemente no incluye a un hombre capaz de tratar así a la mujer, y mucho menos a quien promueva tales prácticas corruptas. Nos equivocamos con Saúl. No volverá a pasar, y por supuesto que ya no forma parte de nuestro gabinete.

Con las palabras pronunciadas por el Ingeniero el asunto estaba cerrado. Terminado. Todo mundo comenzó a hablar al mismo tiempo al otro lado de la cabina; en el país entero. Nacía una leyenda. «La madre de todas las perras» había triunfado, pero tras despedir al Ingeniero y amablemente rechazar entre risas inocentes su oferta de encargarse de un comité presidencial especializado en asuntos de género, Gía tenía todavía un par de cosas que decir.

—Como todos imaginarán, estos han sido días profundamente complicados y dolorosos. Conmigo ha estado la gente que más amo en el mundo, gracias a ustedes por su solidaridad: Bobbie, Rockfather, niños, Alejandro... Sí, Alejandro, gracias por estar aquí y todas las noches conmigo. También a ti, Rebeca, por tu consistencia y empeño para demostrarme una y otra vez que ante todo, una tiene que luchar por lo que quiere en esta vida. Por cierto, estás despedida.

»Por último, quiero agradecerle en el alma a Rodrigo de la Torre por todo lo que ha hecho por mí, por las oportunidades, el apoyo, y principalmente por su implacable valor y cariño ante la adversidad. Por eso me rompe el corazón tener que decirles que ya no puedo seguir haciendo este programa. Siento que después de lo ocurrido no podría seguir haciendo bien mi trabajo sin afectar los intereses de esta empresa que tanto amo. Ya veremos qué tiene planeada la vida para mí, pero estoy segura de que algo bueno saldrá... para la madre de todas las perras. Hasta que nos encontremos de nuevo.

COLORES

El mundo entero de Gía parecía haber explotado: por momentos se dejó llevar por la celebración que la rodeaba. Todos consideraban que el programa, el asunto entero, era un majestuoso éxito. Alejandro no sabía cómo mostrar su cara por la vergüenza, pero le aseguró a Gía que estaría ahí para ella como y cuando quisiera, para demostrarle su arrepentimiento, amor y apoyo. Pronto entendió que necesitaría pasar la tormenta y un poco de tiempo. «Necesita su espacio, ya volverá», pensó mientras se alejaba de allí. Nunca entendió nada.

—Nunca me necesitaste para saber lo que ellos piensan —le dijo el Rockfather, dándole su clásico abrazo de oso que casi la dejaba sin aire antes de salir volando del lugar; lo esperaban varias botellas de Jack Daniels y muchas mujeres gritando por su atención.

Entre la euforia de su triunfo ella veía el mundo de colores, como todos estos seres que la amaban. Nadie le creyó realmente que podría dejar la radio. Festejaron con ella por horas, pero tarde o temprano Gía ya no podría seguir olvidando el hueco en el estómago que sintió desde el principio. ¿Qué caso tenía un jolgorio de esta magnitud? Se odiaba por sentir esto pero no podía evitarlo, sobre todo cuando los colores se fueron en picada y de pronto todo era gris de nuevo; el aire simplemente no entraba a sus pulmones ya. Mañana nadie se acordaría. Y hoy, el único que no había estado allí era Rodrigo.

LA COSA MALA.
DEPARTAMENTO DE GÍA

Como suele suceder, después del éxito, la adoración y la adulación, Gía se encontró llegando completamente sola a su departamento. Su mente no paraba ni por un segundo, pero su cuerpo entero estaba tan agotado que creía poder dormir para siempre. De hecho, lo único en que pensaba era en hacerse esa pequeña, pequeña bolita y nunca más salir de su cama. Pero entonces lo sintió.

Rodrigo no había hecho el menor ruido mientras la observaba desde el sillón al otro extremo de la sala. No le costó ningún trabajo entrar allí; después de todo, el edificio también era de su familia. Pudo darse cuenta perfectamente del cambio de respiración de Gía en el mismo momento en que ella percibió, por algún instinto más que primario, su presencia en su territorio más sagrado.

Había un pequeño rayo de luz que entraba desde la calle y en este sus miradas lograron encontrarse. Los dos se quedaron paralizados por completo; mirándose, estudiándose, midiendo las pocas fuerzas que les quedaban.

—¿De verdad crees que dejaría que te fueras? —preguntó Rodrigo.

—No te quedan muchas opciones, ¿o sí? —respondió ella.

—No… Gía, todavía tienes mucho que hacer. En lo que planeabas tu numerito de la noche (felicidades, por cierto), yo estaba cerrando algunos tratos. Tu programa solo es el principio, el origen de todo; ahora te quiero al frente de las noticias. No les va a caer mal a estos políticos saber que hay una perra observando. Y habrá conferencias, la tele, los libros. Es solo el principio de tu imperio, Gía. Fuiste más fuerte que el sistema y te toca cobrar.

Gía lo miró, consciente de que nada le causaba más placer en la vida que escuchar a este hombre decirle lo que debía hacer.

De pronto, el orgullo y la voluntad eran cosas del pasado. Ya no había razón alguna para que Gía siguiera peleando contra él: todo estaba ganado. Todo estaba perdido, también. Estaba totalmente vencida y lo sabía; los dos lo sabían. La madre de todas las perras reconoció a su dueño. Comenzó a quitarse la ropa y caminó hacia él, consciente por completo de cuánto iba a ceder entregándose al fin. Sabía que ya no tenía alternativa.

¿Cómo había llegado a este punto?, se preguntó al ver a Rodrigo levantarse y también acercarse hambriento hacia ella. Se puso a pensar en lo perfecta que era su existencia solo unos meses antes. Antes de la devastación. Antes del éxito. En los tiempos (parecían de otra vida) en los cuales ella y este hombre no habían aún empezado con este peligroso juego. Gía respiró muy profundo, llevándose el intoxicante aroma de Rodrigo hasta dentro. Eso le permitió salir un poco del gris y se dio permiso de recordar cómo era todo antes, antes de encontrarse completamente enganchada.

Y entonces...

—No, Gía. No podemos seguir haciendo esto.

¿De verdad era Rodrigo el que hablaba? La tenía desnuda frente a él. Sin una sola defensa más. Sin pretensiones de seguir peleando. Completa y absolutamente rendida.

—Eres la mujer más extraordinaria del mundo para dar consejos, Gía. Tienes una capacidad única para entender las situaciones de los demás y sacarlos de su miseria. Y me queda muy clara una cosa: si yo no estuviera en tu vida, podrías predicar con el ejemplo.

Desde su total desnudez, real y metafórica, ella solo lo miró. Se sentía devastada por completo, porque sabía lo que vendría a continuación. La verdad es que sintió cómo comenzaba a nacer un poco de alivio también, y Rodrigo no la decepcionó.

—Este juego ya se acabó. Vales demasiado para jugarlo y si tú no puedes terminar, entonces voy a tener que hacerlo yo.

Un instante, detenido en el tiempo, pasó mientras se reconocían por última vez. Gía solo tuvo dos palabras para él:

—Lo sabía.

Y así, sin decir nada más, y como siempre suele ser, tarde o temprano… la cosa mala se fue por su propio pie.

Unas semanas después

ANASTASIA, LA REINA DE LA RED
La imparable Gía

Han sido semanas impactantes para la hermosa Gía Escalante, quien no solo ha visto crecer a su audiencia de manera impresionante sino que en estos últimos días anunció el lanzamiento de su propia compañía, GIA Comunicaciones, lo cual se suma a su incursión como figura principal de noticias en los canales de televisión de Grupo Vibra. Respecto a su firma, en seguida diversos medios de comunicación, incluidos algunos internacionales, comenzaron a hacer ofertas espectaculares para tener acceso a sus contenidos.

Sin embargo, como acotó Rodrigo de la Torre al anunciar su propia salida de Vibra FM, Gía siempre tendrá las puertas abiertas en lo que llamó «su casa»: «Como última responsabilidad oficial antes de dejar mi cargo en esta compañía que mi padre construyó con tanto trabajo, lo que hice fue decirle a Gía lo que su valor y profesionalismo significan para nosotros. Ella no se tiene que ir a ningún lado para explotar su enorme talento, aquí tendrá lo que pida». Rodrigo renunció a la empresa familiar después de haber sido invitado a formar parte integral del nuevo gabinete presidencial; se rumora que será nuestro próximo secretario de Gobernación. (Cuídate mucho, Rodrigo)

Y aunque Gía tiene al mundo entero de las telecomunicaciones adivinando adónde irá, francamente hay otros asuntos que ocupan más su atención en estos momentos. Por supuesto, su matrimonio con el guapísimo Alejandro Márquez, tema que tenemos como primicia en este espacio y cuyos detalles y cobertura podrán seguir paso a paso en este blog, Anastasia, la Reina de la Red. Sigan pendientes.

Periódico *Los Tiempos,* 16 de octubre.
Política

> *La muerte del político Saúl Cortínez ha sido ya dictaminada oficialmente como un suicidio por los peritos encargados de la investigación. Sin embargo, fuentes cercanas a quien fuera el hombre fuerte de su partido y caído en desgracia, insisten que es necesario continuar con las averiguaciones. Después de todo, aseguran, es imposible que una persona se quite la vida de dos balazos en la cabeza.*

AGRADECIMIENTOS

A Isaac Moscatel y Reyna Levy quienes, al final de cada historia, siempre han dejado más que claro que todo va a estar bien, que una puede regresar a casa. No hay nada más importante.

Erick Merino, los años y la vida pasan. Tú no. Desde que te conozco nada es cierto en mi vida hasta que lo sabes. Te amo profundamente y lo entiendes bien. Y sí, nuestras vidas son tan extrañas y espectaculares como cuando, desde la escuela, nos poníamos a soñar que algún día haríamos todo esto.

Jan Carlo y Elan DeFan. ¿Cómo es que un día llega alguien a tu vida a explicarte el verdadero sentido de familia? ¿De complicidad? De aventura y de pasión por lo que uno hace. No dejo de aprender de ustedes, de Charlie, Pato, Cheech y toda la banda. Nunca me habría atrevido a tanto, nunca habría hecho tantas brillantes estupideces y nunca estaría en este feliz punto si no se hubieran cruzado por mi camino. Y primo, qué manera de comprender «La cosa mala». ¡Gracias por eso!

Linda Cruz, Erica Sánchez, sin su ayuda y amistad profunda esta historia jamás hubiera podido ser contada. Sin su talento, inteligencia y generosidad, menos. No puedo creer que tardaron tanto en llegar a mi vida. Aquí se quedan para siempre.

La confianza y apoyo de mis editores, Gabriel Sandoval y Doris Bravo de Editorial Planeta, es algo que no me ha dejado más que profundas satisfacciones y emociones desde que empezamos esta aventura. Gracias infinitas a ambos, espero que sigamos juntos mucho tiempo. También, gracias, a todos los que han tenido que ver con permitirme estar frente a un micrófono y hablarle a quien esté dispuesto a escuchar.

Rodrigo Flores, gracias por prestarme (solo) el nombre para mi adorado antagonista. Tu amistad se ha vuelto indispensable en mi vida. Pamela Cerdeira, Mónica Garza, Daina Vázquez, a mis hermosas Chicas del Gremio, a todas esas mujeres que acudieron a esa cita para tomar mucho vino y sushi y compartir todas las historias que se entrelazan con la de mi protagonista en esta historia, ¿Qué haría sin ustedes?

Mi profundo agradecimiento a Álvaro Cueva, que siempre tiene el nivel de pasión y entusiasmo que necesito para seguir adelante; a Maru Ramírez, la mujer más amorosa que he conocido en mi vida; a mi amigo H. Larrinaga, quien por mucho tiempo fue el único que conocía a los personajes que habitaron y se apoderaron de mi cabeza y que ahora son dueños de estas páginas y que, sin duda alguna, se convirtió en mi gran cómplice cuando nadie más entendía de qué hablaba. A Omar Ramos, con quien he pasado horas en la eterna carcajada tratando de decidir cuáles de mis sentimientos prestarle a mis personajes. A Kelly A.K. que sigue, y seguirá siendo, toda una fuerza de la naturaleza.

Diana y Perla que, junto con Sharon (sigues siempre presente), son mi origen. Sin su indispensable perspectiva todo hubiera sido imposible. A Rafa Ocampo y a Sebastián Gotthelf, quienes me deben una buena fiesta en Melrose Place y que se han convertido en amigos entrañables.

Este año también se me aparecieron las más grandes, hermosas, peligrosas y fugaces sorpresas que he tenido. Tal vez quienes las provocaron ya no estén para cuando estas páginas queden impresas, pero por siempre viviré con gratitud por esas extraordinarias sonrisas… y una que otra lágrima, también.